出镜

明人日记 MINGREN RIJI

安谅 著

百花洲文艺出版社
BAIHUAZHOU LITERATURE AND ART PRESS

图书在版编目（CIP）数据

出镜 / 安谅著. -- 南昌：百花洲文艺出版社，2019.5
（明人日记）
ISBN 978-7-5500-2803-6

Ⅰ.①出… Ⅱ.①安… Ⅲ.①短篇小说 – 小说集 – 中
国 – 当代 Ⅳ.①I247.7

中国版本图书馆CIP数据核字（2018）第086592号

出镜

安谅 著

出 版 人	姚雪雪
责任编辑	郝玮刚　蔡央扬
装帧设计	彭　威
制　　作	何　丹
出版发行	百花洲文艺出版社
社　　址	南昌市红谷滩世贸路898号博能中心一期A座20楼
邮　　编	330038
经　　销	全国新华书店
印　　刷	江西千叶彩印有限公司
开　　本	720mm×1000mm　1/16　印张　15.75
版　　次	2019年5月第1版第1次印刷
字　　数	150千字
书　　号	ISBN 978-7-5500-2803-6
定　　价	38.00元

赣版权登字　05-2018-189
版权所有，盗版必究

邮购联系　0791-86895108
网址　http://www.bhzwy.com
图书若有印装错误，影响阅读，可向承印厂联系调换。

目 录

第三辑 ■

第四辑 ▦

第五辑 ■

第

一

辑

舌头什么时候得罪了牙齿

正在品尝今日的美味，牙齿突然把舌头给咬了，咬得很狠，血肉模糊，喧闹的世界瞬间陷入寂静。那是充满惊愕的一种寂静。

舌头和牙齿一时都惊呆了，明人也惊呆了。他不敢相信，这平时形影不离、亲密相处的好搭档好伙伴，怎么会上演这样让人吃惊的一幕。不可思议呀。

任血流不止，舌头被咬懵了：牙齿怎么了，我什么地方做错了吗？什么时候得罪他了呢？自己怎么一点也想不起来了呢？自己是不是太糊涂，太麻痹大意，甚至太自我陶醉了呢？忽然有所醒悟：是不是牙齿受了双唇的什么煽动，对她滋生误解，长时间地积压后，在那一刻骤然爆发了呢？

舌头承认自己有时候嫉妒双唇，她一开一合，充满诱惑，那种娇柔的线条和柔嫩的触感，是天生的尤物。她甚至与牙齿太亲切了。舌头的确十分妒羡他们。但天地良心，她从未搬弄过是非，她与他们和谐相处，她也深爱着他们，她与牙齿也是一对好搭档、好朋友。

双唇此时也不知所措了，生怕一举一动招惹麻烦。她沉默了许久，无法理喻眼前的现实。虽然自己与牙齿早已情定终身，须臾不可分离，这是世人皆知的。但牙齿一生少不了舌头这样的朋友。他们相互配合默契，共同品尝饕餮美味，咀嚼、品味并一点点送进食道，他们也一起忍受苦涩、咸辣，或是灼烫，而且往往舌头总是承受更多。是的，舌头会说、会唱，婀娜的身条招人喜欢。她也会生生地嫉恨舌头，舌头与牙齿相处，比她默契，比她时间更长！不过，她真没有动过一丝邪念、没有使过一点坏招，舌头也是自己的好姐妹呀！她知道，她与牙齿也摩擦难免。甚或在悲伤奔突之时，牙齿还会咬住她，把她咬出血来。但这是他与她相依为命的象征。他们就是用这种方式共同抵御人间有一种被称作痛苦的事物的侵袭。

而今天这一咬，牙齿呀，你是否也太过分了？

牙齿也愣住了，刚才咬下去的那一瞬间，他很用力，但同时，他下意识地想立马收住，但已刹不了了。咬住舌头的那一刻，他的心也碎了。她是他多少年的天地无双的好伙伴呀，他们心有灵犀，连神经末梢都有共同的敏锐。他的成功有舌头的一半功劳！他对此只有感恩，怎么就竟然冲动地咬了一口呢。

在大家都惊愕的时候，还是舌头自救，一叠纸巾，覆住了伤口，并顶住了上颚，双唇也紧闭了，牙齿闯了大祸似的，战战兢兢，但也以一种巨大的克制力，扛过了半个时辰。

之后，舌头依然顽皮地扭动着身体，双唇和牙齿都看清了，血凝住了。那一道伤口却赫然醒目，像一条小蚯蚓，静静地卧在粉红色的底板上。

一切又归于平静，只是牙齿和舌头略显陌生了，他们相处得比以前

谨小慎微了。其实，不管谁在猜测，明人心中最为明白。那是一次小小的事故，一块马肠刚放在舌头上，牙齿照例启动了，但这次用力偏重了点，马肠他并不熟悉，及至意识到，已经来不及了。马肠滑出去了，受伤的是舌头，就是这样。

深夜来电

明人刚要入睡，电话铃在静寂的夜骤然响起。接过话筒，里边是一片喧闹，有一个哥们儿大着舌头，叽里咕噜说着什么，明人使劲运用耳力，也没听明白一字半句。他好言好语说了几句，算是打了招呼，把电话挂了。过不久，电话又响，他再接，还是那老兄的大着舌头的声音，像嘴里含着橄榄似的。他只得问他边上还有谁，让他们听一下。很快换了一个声音，可也一样喝高了，只听到裹着酒意的几个字，其他的也听不明白了，他只得再一次好言好语，把电话挂了。

这样的电话，明人接得多了。大半都是深夜、都是酒后，总有一些朋友打来电话，寒暄加问候，还带着找一些事询问。最令人不爽的是，有一个并不熟稔的朋友，在酒后打来电话，一个劲儿地叫大哥大哥的，叫得像亲哥哥似的，然后又一番吹捧，还让在场的人一个个讲两句。明人耐着性子，也一一与他们寒暄几句。他知道，那个朋友是借用明人炫耀他自己。他有些厌恶，又无可奈何。绅士也不是好做的，这点小事能忍则忍吧，但骨子里是深恶痛绝的。

　　不多久，有一个女孩造访，也说起她有许多朋友，也有爱人。明人问都是什么情况呢。女孩说蛮不错的。有的朋友不太见面，但也会时常联系，比如节日时发个短信什么的。她还说了件挺有趣的事儿。

　　那晚，她有点累，早早睡了。梦境之中听到手机声响。本不想接的，想家人都在遥远的故乡，怕有急事，就去接了。却是一个朋友，好久不见了。她说"我们在喝酒，都喝高兴了，想找个人说个话"，就想到了她，于是，一番带着醉意的吵吵嚷嚷的闲聊，几个人接龙似的，一个一个与她对话。她烦透了，又只能淑女似的应付着。一直到搞得精疲力竭。丢下电话，她又沉沉地睡去。之后，她对这类电话就有些不感冒。平常不见来电，但偶尔在喝得尽兴的时候，就会给她来电。她真来气了。这些人不是真的牵挂她，他们是酒酣了，想找个人发泄，他们是寂寞了，想找个人聊天！她断言，这深夜和酒后来电的，缺乏真情实意，而且大大地无聊！

　　那晚，她又接到一个类似的电话，是一个男孩打来的，说话中听得出是喝了酒的。这是一个她也挺喜欢的男孩。男孩似乎也喜欢她，但他们从未互相表白。时间久了，她有时还挺遗憾，觉得他们之间大概没戏。他也从来不主动打她电话，与她平时也不显亲密。但当晚他来电了，舌头有点大，她想嘲讽他，但终于克制住了。她分明听见话筒那边的男人，从未有过地滔滔不绝，还说到了爱，虽然还是不够直白。她心中刹那间明白了，他是明确在表白，他喜欢她！

　　她之后终于和他走到了一起。她问过那个男孩，"你当时为何在酒后打我电话？"她开玩笑说，她当时真想扔了电话，酒后才被想起，很可悲呀！

　　他笑了，有点羞赧："喝酒壮胆。否则，我也不敢打你电话，和你说那么多呀！"

原来酒后的深夜来电，还凝聚着这样一番深情！

她感谢那次他酒后的来电。

明人也笑了，还真不能把这酒后深夜的电话都回拒了，说不定，就错过了最珍贵的东西呀！

大校老方

女儿在学校出事了，老方的妻子不知如何告诉老方。

老方是部队大校，脾气暴躁，一直把脸面看得很重。如果知道女儿出了这种事，他一定会暴跳如雷，非杀了那小毛孩不可。

女儿念小学时，就是一个美人胚子，白净得几近透明的肌肤，眉眼也俏得人见人爱。一束马尾辫也是生动耀眼。

有一回女儿放学回家，脸上分明有两行泪斑，老方追问了个明白，第二天就堵住了那小男生的去路，给了他一顿实实在在的教训。

因为小男生坐在女儿后边，老是与她捣蛋，这一次是悄悄地把她的马尾辫用线绳系在椅背上了。女儿站起身，头皮自然拽得生疼。

小男生其实是对女儿生出了朦胧的情愫，但被老方毫不留情地掐灭了。

这回，老方怎么可能善罢甘休呢！

这回出的是大事，原本会在方圆几十里的城市里传扬开来，现在信息社会，可能会传到世界的每一个角落。

老方的妻子已羞于见人，恨不得钻入地洞里生活了，老方又怎么会咽下这口气呢。

女儿高中毕业，在一家职校住校学习，被学校一个长得高高大大的同班生看中，没有多久就堡垒失守、全线崩溃，医院一查，竟然有孕在身，而且已经数月。校方立即给出了最为激烈的反应。

这不啻是奇耻大辱呀！

是可忍，孰不可忍！

剑拔弩张之际，老方的妻子面对女儿，唯有以泪洗面。

果然，老方得知此事，脸色铁青，一言不发地呆在屋里，抽完了半包纸烟，随后，坚决地出了门，犹如上战场一般。

怕要坏事！谁的心都悬在嗓子眼儿了。但谁都不敢阻拦。

这一天虽是阳光灿烂，但在妻女心里，是最阴郁黑暗的一天。她们不知道，这即将垂落的夜幕，还会给她们带来什么样的晦暗，甚至灾难。

老方终于回来了，他把女儿叫到里屋嘀咕了一阵，然后，对妻子说："事已至此，我们就为孩子祝福吧，马上让他们成亲。"

原来，老方找了那个闯了祸的男生，那男生也对他有所耳闻，见老方径直找来，高大的身躯早就哆嗦了。当老方追问他是否真喜欢自己的女儿，他立即声泪俱下地表示，自己是真心喜欢，并愿意为她当牛做马，他也接受老方对他所有的处罚。

没想到，老方又追问他，是否愿意娶自己的女儿，如果这样，什么都不会计较了。那男生愣了，说，他十分愿意，但他得听听自己的父母意见。老方恼了："你让我女儿怀孕，怎么没事先听听你爸妈意见？我给你一个小时，就在这里坐等你的消息。"

男生回来时，老方就知道自己要做丈人了。男生搓着双手，叫了一声爸。在工厂打工的父母，能让儿子摊上这户有些身份的人家，还不喜出望外呀！

老方郑重其事地也征询了女儿意见，就把这事给定了！

坏事变成了好事、喜事，外边的风风雨雨，自然也变幻成了万里阳光，老方妻子心里欣慰许多。

那天，明人作为老方的好友，也应邀为两个毛里毛躁退了学的小青年证婚。说的是套话，但场面应景，骤添了喜庆。

时光荏苒，各人又各忙自己的事，明人再见老方时，已是数年之后。

明人吃惊地发现，老方的女婿已非当年那个浑小子了。他与老方私下闲聊。老方也不避讳，说是女儿结婚不久，生了一个小孙子，但与那小子生活并不和睦，她也不敢与老爸直说。还是老方自己发觉了端倪，找了女儿，亮开心扉，支持她坚决离了。

她现在的那位，还是她小学同学，就是那个扎了她辫子、被老方教训过的那一位。那位，还真是十分爱她、疼她，悄悄等她许多年了！

明人说："你当初让她怀孕了就结婚，现在又允许她离了再婚，你到底图个啥呢？"

老方说："我还图个啥，让她结婚，是为了她，现在让她离了又结，也是为了她呀。还不是因为，她是我的女儿……"

你抢了谁的女友

　　明人的朋友刘秦是一个豪放随性，落拓不羁之人。他有一个特别的习惯，好友皆知，而旁人往往为之咋舌。

　　朋友们相聚，难免会增"花"添"彩"，即叫上几位女同事、女同学之类参加，这样气氛更烈。刘秦每每赶到，总是瞅着哪位女性漂亮，一屁股坐在人家的身旁，不管认识与否，都热情有加，对别人介绍说："这是我女朋友！"

　　说的是玩笑话，谈吐也无伤大雅，徒增聚会的轻松快乐而已，大家乐得场面上多一些插科打诨的搞笑，不真不假地调侃起来。酒自然是喝得更快更欢了。

　　女性朋友遇到刘秦这样说笑的，一般也不会计较。都是吃喝玩乐来的，谁也不会当真。不过，后来连着两起遭遇，让刘秦郁闷了，找明人倾诉了一番。

　　一次是朋友一个饭局，叫上了刘秦。刘秦到达酒店时，圆桌已围坐了大半桌人，多半是陌生的。刘秦见朋友做东，照例又选择了一位美

女，紧挨着她坐下了。一开席，就先称"她是我女朋友。"没料到美女脸色愀然，一点没给刘秦面子："谁是你女友呀！你别瞎说！"说罢，还霍地站了起来，好久不肯落座，不是朋友打圆场，这场面还会尴尬下去。刘秦也为之有点怵了。

另有一次，是他一位上司做东。也有一些陌生朋友，有男有女的，都是一个系统的。刘秦又旧病复发了，见一位俏佳人坐在上司边上，与上司亲热地交谈着，他就坐佳人另一侧了，与上司没大没小地说："这是我女友，来，女友，我们先干一杯！"上司皱了皱眉，向大家介绍了刘秦，那女子挺大方，也呼应着刘秦："干就干吧，一杯哦。"仰脖把酒盅里的酒喝尽了。

席间大家欢声笑语，刘秦也尽兴喝得不少，一声声"我的女朋友"，自然也从未停过嘴。

没几日，又有一饭局，上司就没叫他，有一位同事悄声告知刘秦，上司发话了，说刘秦太闹，公务应酬还是少叫他吧。

刘秦忽地十分失落。后来又听人议论自己："谁让他抢人家女朋友呢！"那俏佳人还真是上司的女友？自己撞枪口上了？刘秦不知真伪如何。笑一笑，就不去想它了。

很长一段时间，刘秦下班即回家，省却了酒桌上的麻烦。

一日，上司又通知他晚上参加一个公务招待，还特地关照他放开喝，别介意什么。

刘秦见状，想这些同学的传言不实呀，自己也真是多想了，是小人之心度君子之腹呀。

他愉快地赴约了。一进包房就瞥见那位俏佳人在席，他有些拘谨，目光似乎有点躲闪，倒是那女孩毫无忸怩，站起来与他打招呼，还出人意料地说了一句："男朋友来了。"

几位同事也是初见这位美女，目光也带着询问："你们认识？"刘秦又习性焕然了："哈哈，女朋友好，比我还早来呀。这是我女朋友。"他一路介绍过去，笑呵呵的。开席之后，就愈加闹腾了，还与美女喝了一个交杯酒。

这一次，上司并无不悦，还主动拿他与美女开起了玩笑。俨然自己与美女无关，俨然美女真是刘秦的女友。这消息之后就在单位不胫而走。

事后，上司还把刘秦叫到办公室，夸他业务不错，表现很好，最后拍了拍他的肩，说："好好干呀！"言下之意，刘秦大有前途。

不久，上级来考察，是考察这位上司的，是提任。自然没有什么不良反映，一路顺风。

夜半歌声

初春的子夜，依然寒冷砭骨。街头人车稀落。夜风，舔弄起了一张纸片，它时而半空中飘舞，时而匍匐在地面上，喘息着，抵抗着风的侵扰。

明人刚为一部作品画上句号。一时无法入眠，就到街上溜达几圈。只看见一个佝偻着腰的老人，裹着老式的围巾和中山装，在街上踽踽行走。他走得很慢，像是在寻找或者等待什么。明人迎面走来，他停了步，弱弱地问了一句："你见到那个街头艺人了吗？"明人正想着自己的心事有点恍惚，下意识地摇了摇头，顾自走了。后面传来老人的一声深长的叹息。

那一声叹息把明人的心神又抓了过去。他站住，回望，老人已转身蹒跚而去。明人迟疑着是不是要快步追去。因为他感到了老人不可名状的失落。

他迟疑着，老人苍老的背影渐行渐远。

忽然，街头想起了一阵悦耳的声响。明人定了定神，循声望去，那盏路灯下，出现了一个人影。稍顷，一个男人低哑的歌声，在吉他的伴奏下，在夜晚的街头飘掠。

与此同时，他瞥见那个苍老的背影也停滞了脚步，凝然不动，如树，好一会儿，他才缓缓转身，蹒跚着往回走。

那边的歌声在冷寂的夜晚，显得苍凉深幽，甚至有一种悲壮。明人轻步走过去，他想，此刻街头卖唱的，必是十分困苦落魄的艺人，他从口袋里摸到了一张十元纸币，准备赐予艺人。

却是一个精壮的中年男人，正闭着眼投入地歌唱。手指在吉他的弦上熟稔地拨弄着。

那位老人在马路对面又站住了。他仿佛在侧耳倾听，身子骨都在激动地颤栗。

明人走近艺人，掏出纸币，塞入艺人冰凉的手心。艺人猛地睁开眼，五指伸开，毫不犹豫地推辞了。明人尴尬间，男子轻声耳语："这位老人老年痴呆了，没法和我们交流了，每晚，只有我的歌声，能唤醒他，让他早早地回家。"

明人惊讶了。他禁不住又瞥了老人一眼。他看见老人正注视着他们，像街头的一尊雕塑。

男子又轻声说道："他很孤独，神情整日暗淡，但只要听到我唱这首《春夜冷吗》，他就像换了一个人。"

男子继续说道。

明人的心弦被拨动了，他想告诉他，刚才那老人还在记挂他，他不像是个痴呆者。这时，老人竟迈着难以想象的矫健步伐，快步走来。他像一个阳光少年一样，向艺人，还有明人道了一声，"你们好呀！"

他还老友似的拍了拍艺人的肩膀，说："你唱得挺棒，很到位，只

是个别词没唱准。"说完，他竟亮开嗓子哼唱了起来。

这回，艺人也吃惊了，一时不知说什么好。

老人朗声笑了："你不知道，这是我年轻时所作的最后一首歌，我以为没人会知道这首歌，没想到，这些日子，在街头天天听到你的歌声……"

"爸爸！"明人忽然听到一声呼唤。是艺人！他此时扶住了老人的臂膀说："爸爸你是真正的艺术家！我们回去吧……"

老人的眸子闪亮，他似乎点了点头，面带微笑，与艺人相伴而去……

明星与教授

事情完全缘于旅行社的差错，这著名旅游小岛唯一一家五星级酒店，今晚只剩一套双人间了，另有两个小单间。还有两对客人尚未安置。

冲突由此发生了。

一位瓷娃娃一样的女孩尖声叫嚷起来："这套房间一定得给我们，我们是在度蜜月！"她小鸟依人地依偎在一个帅男的臂弯里，但嗓音绝对是高分贝的。

另一对是满头白发的老夫妻，温文尔雅的模样。此时只是冷静地注视着这一幕。那位仪态雍容的老妇人，明人似觉面熟。

事情确实挺复杂。明人和善，也让人信赖，年轻的导游便轻声央求明人给个主意。

导游还是一个小女孩，人见人爱的俊俏。

还未等明人启唇，导游先自开口了："那个女孩还是一位明星，是我们老板特意关照过的。"

"明星？她拍过什么戏？"明人禁不住发问。

"我一年要拍三部电影，已经拍了十多部了！"瓷娃娃听到了明人的问话，不无炫耀地自我介绍了。她还说出了一连串古里古怪的剧名，明人一个都没听说过，当然，也没看过。

忽然，明人脑子里有个念头一闪。明星的话题显然触发了他的记忆，他蓦地想起，面前这位气质高雅的老妇人是一位大明星。她只演过一部电影，但那部电影家喻户晓，她本人也是妇孺皆知的。

明人连忙向众人介绍了几句。大家都向老妇人投去敬慕的眼光。

瓷娃娃很敏感，感觉到天平倾斜，她拽着帅男的臂膀，走近几步，说，"我老公还是大学教授呢！外国语学院的，就凭这一点，你们也得先照顾我！"

帅男不好意思了，说："副的，副教授。"

"副教授，也是教授，何况我们原来就订的一间套房呀！"瓷娃娃抢着道。

明人笑了："你们不知道吧，那位老先生也是一位教授！二十世纪五六十年代的教授，外国语学院教授当年只有个位数，现在都上百位了。"

瓷娃娃还嘟囔着，不服气。明人则拉过帅男与他耳语道："你们还是照顾一下这两位老人，让他们分居在不同的房间，互相不好照应。你们毕竟年轻呀！"

没想到，帅男飞快地在明人耳边轻声扔了一句："你们定，我早厌烦她了。"

这意外的结果，让明人瞠目结舌。他瞥见那帅男朝美丽的女导游迅速闪了一个电眼，他以为是自己的幻觉。

几日后辞别，女导游特地向明人致谢，还告诉他一个秘密：那帅男半夜还敲过她的房门，她没睬他。

你一定会火

"我一定会火的！您相信吗，大哥？"蓝蓝的黑色瞳仁闪烁着兴奋的光芒，真像一团燃烧的火焰。明人不敢对视，也不忍泼水。

两人面前的火锅，兀自在咕噜咕噜地冒泡。

蓝蓝原是一家美容店的店长，现在华丽转身成为蓝精灵文化公司的总裁，其实就是她自行创办的一个小企业，才刚开张，但她充满信心和期盼。

"我要在一年内捧红两名歌星，让他们家喻户晓、妇孺皆知！"蓝蓝双眼喷火，那红唇白牙中蹦出的字眼，也字字灼烫！

这个没有多少文化内涵，也不知辞赋韵律，甚至唱个卡拉OK，都会走音跑调的小女孩，真能蹦跶出一番崭新的天地吗？明人心中嘀咕，但脸上也是不留一丝疑惑。

毕竟是多年的邻居，明人也是她的偶像，评点可以，公然怀疑嘲讽是没必要的。何况现在这世界真是风云变幻，奇了怪了，连芙蓉姐姐什么的，都能在网络走红，这还有几分清丽可人姿色的小女孩，谁能说就

一定不会折腾出一番天地呢？！

虽然，明人凭直觉，她真是在折腾，他之前见识过好多不谙世事，也不知天高地厚的女孩，这般地折腾。

话是不能说出口的，他还是微笑着，认真倾听着她的宏伟蓝图，不时微微颔首，虽然心里实在别扭。

"大哥，您看您看，就是这个小伙子，嗓音特别好听，人又帅，我已推荐给《中国好声音》了，他准会火，他一火，我的蓝精灵公司也跟着火了！"瞳仁里的火焰，已辉映了漂亮的脸颊，一片嫣红，在明人眼前绽放吐艳。仿佛蓝精灵已真正地火了。

白皙的纤手，递过一只手机来。明人还没伸手，只见那只缀满闪亮水晶的手机，竟像雪花牛排一样，咪溜滑落到了火锅里，淹没在汤水中。火锅里的水正沸。一瞬间，明人和蓝蓝都傻眼了。

是蓝蓝不小心滑落了手机。

愣怔片刻，明人迅疾以裸手摸出了手机，水滚烫，明人把手机放在桌上，用抹布擦拭，又叫来服务员，让赶紧帮忙吹风。

蓝蓝目瞪口呆，她显然被自己这突如其来的失误，搞晕了，一时真的不知所措了。

好半天才吐出一句："这下，手机完了！"

"别担心，看来你真要火了！"明人赶紧安慰她，"手机都掉火锅了，这是吉兆呀！"明人胡扯了一句。

蓝蓝"扑哧"笑了："大哥，您真会说话，我就借您这吉言，敬您一杯了！"

精美的手机此时无声地被遗忘了，蓝蓝的笑声更欢了。

这姑娘太想火了，明人心里暗叹了一声！

数日之后的一个傍晚，明人上网浏览，眼前忽然冒出好多"蓝精灵"和蓝蓝的名字，他不相信，闭了闭眼，再细细一瞧，微博真是一片热闹，都在转发一段信息和一张照片。

明人定睛一看，傻了：那是蓝蓝的相片，小姑娘赤身裸体的，好像在秀自己曼妙的玉体呢！那段信息则更狠了，竟然是短信记录，很肉麻，是蓝蓝与一个什么节目的导演的对话。

网上对蓝蓝一片指责和斥骂："卑劣，无耻，以色相换位，想利用潜规则在艺坛走红。"诸如此类，让明人极不好受，毕竟她是自己熟识的邻家女孩呀！

明人正痛心疾首，手机有一个陌生电话进来，他迟疑了一下，接了。

是蓝蓝的声音。

明人连忙说道："蓝蓝，是你吗？我都知道了，你千万别着急，网上的事，总会澄清，总会过去，你……"

蓝蓝截断了他："大哥，您怎么这么说呀，我把手机送去让人维修，没想到，那维修部的人把我的信息给捅了出去……"

"这家伙，也太缺德了！你不要太急呀……"明人还不忘安慰姑娘。

那边，竟响起了"咯咯咯"的欢笑声："大哥，您不知道，这反而真让我火了，现在谁都知道我蓝蓝和蓝精灵了，已经有几家大文化公司找我签约呢，这叫歪打正着呀！咯咯咯……"

明人拿着电话，好久没缓过神来。

工　期

市民中心建设项目指挥长杜仁这两天愁眉不展，寝食难安。明人约他品茗聚聊。铁观音是杜仁的至爱。每年这个时候，杜仁知道明人这儿有新茶，都吵着要品味。如今，他却毫无兴致，想推脱了。明人说，刚送来新摘的铁观音，不来遗憾了。

很晚的时候，杜仁才匆匆赶到。明人镇定自若问："什么事让你忙得这样六神无主？你可从来就是镇定自若的指挥员呀！"

明人是杜仁的老朋友了，说话也是一根竹竿子到底，直来直去的。

杜仁叹了一口气，说："你不知道呀，刘副市长早就发话了，让我们这个项目必须年内竣工。你想想，这施工图纸都还未出来，基坑还刚刚开挖，这一幢十层建筑，怎么来得及呢！"

明人思索了一下，说："还有八个月时间，是太紧了。你确实得采取非常措施了，说不定，还有一点可能。"

"哪里呀！今天市长也到工地察看了。"杜仁说。

"他怎么说？"

"市长说，不惜成本，必须在国庆节前完成！"又提前了两个月，这真是要命了。难怪杜仁茶饭不思了！

"那怎么办呢！你让刘副市长去说说呀。"

"说什么呀，市长刚走，刘副市长就眉毛上翘了，说'你看看，我让你们年底建成，不算过分吧，得了，你们往国庆节前赶吧！'说完，他就扬长而去！"杜仁无奈地摇了摇头。

"我把命豁上去也难以完成任务呀。唉，我得走了，工地上一帮兄弟等着我排工期计划呢！"铁观音还没沾唇，杜仁就要起身而去。

明人叫住他："你就喝一杯茶吧，这点工夫总是有的吧。"他递过一盅碧绿醇香的铁观音。

杜仁接过茶杯仰脖一口饮尽，像是出阵前喝的壮行酒一样。

明人看着他的背影急急远去，也微微叹了口气。

这天下午，明人惦记着老友杜仁，拨了一个电话过去，好一会儿，通了，那端传来杜仁低低的嗓音："老兄，待会儿聊，新书记正在视察工地呢！"

新书记刚上任三个月，就来视察工地，这当然是好事。听说这书记很细致。借此机会，向他汇报明白，那合理的工期也可敲定下来，明人为杜仁这么想象着。

然而一连数天，明人却没有接到杜仁的电话。倒接到杜仁老婆的来电求援了，说，"这个家伙几天没回家了，连电话也没一个，我打他电话，他半天才回，说在工地玩命呢！明哥，你得帮我找找他！"

明人不好推脱，找了一个公务外出的空隙，赶到了市民中心工地。

找着杜仁时，只见他眼圈发黑，一脸疲惫，仅仅几天不见，他的面貌就瘦得脱了形。

"你小子怎么了，真的不要命了！"明人打趣道。

"你不知道，新书记又给我压力了，他笑着说'你是工程老法师了，宝刀不老，要再创辉煌，把这个全市人民的项目尽早完成。'"杜仁哑着嗓子，叙述道。

"这招不错呀。"明人说，"你是老法师嘛！"

杜仁苦笑了："书记接着说'你再加一把劲，在建市六十周年时把它交给市民使用，如何？'"

"那你为何不解释一下呢？"

"解释？刚说了一半，书记就说'辛苦你了！'这就是不容商议的意思了。"

建市周年就是8月底了，工期一下子又提前了一个月。

上边说的话，谁也不敢违拗。这是这个市的官场历来的作风，很硬实。

恐怕杜仁只得继续玩命了。

大约半年，明人与杜仁没有联系，更未曾见面，项目竣工的消息，他是在新闻里获悉的，电视里，书记和市长满脸春风，高举着闪闪发光的剪子，为项目竣工剪了彩。电视里没见到杜仁的身影。

明人知道他忙着，发了一个短信给他，向他表示祝贺。说："姜还是老的辣，果然，你就把不可能办到的事搞定了。"

好半天，杜仁回复了，是一张苦脸。

一个月后，明人终于与杜仁又相聚了。杜仁明显瘦了一圈，喝的是铁观音，虽然不在节令，但清香缭绕、沁人心脾。

杜仁的眉头却仍然不见舒展。一副心事重重的样子。

项目总算已完工了，应该高兴才是。

杜仁又重重地叹了一口气："这有什么高兴的。我昨天把初步决算报了上去，没想到刘副市长今天就打来电话，责问我怎么超了10%的概算，说书记、市长正为这生气呢！"

"他不是说不惜成本吗？抢工期，多花点费用，也是合理的。"明人说。

"是呀，可这怎么与他们说呢！"杜仁脸上一片愁苦。

明人知道，这回杜仁再瘦上一圈，也难以解释圆满了。他在心里也重重地哀叹了一下。

玉　缘

不知何时起，也不知谁带的头，这个城市突然掀起了一阵玉石热。许多大小老板都在闹市街口，开起了玉石店。

包工头出身的刘大胖子，刘老板，据说玉石玩得最转，在自家花园里，还设置了一个玉园。他是把白玉兰之类带有玉字的花卉树木汇聚于此，在花卉之间，还置放了各式各样的石头。以石衬花，以花润石，布置典雅别致，满园富贵瑰丽，名闻遐迩。

也有其他老板纷纷效仿，玉石从原先的室内摆设，大有往阳光下大迁徙的趋势。

工商局几位局长、处长也都喜爱石头。他们是那些玉店的常客。

那年，从异地调来位新局长，姓周，白面书生的模样，笑吟吟的，话儿不多。

副局长一干人常向他介绍这里的石头，也怂恿他到那些地方走走看看，说一定会大开眼界，大有所获的。

新局长笑着颔首。某一个周末，就随他们去了。

走了几家商店，新局长也拿着手电筒，照着几块石头，仔细地端详，似乎挺内行。但他什么也不说，也没掏钱买过。

副局长等人看中几块小玉石、把玩件之类的，砍了价，揣在兜里了。

到了刘大胖子的玉园。真有点满园春色关不住的气息，那种质地，让人欣羡和留恋。

边赏植物，边赏石头，这一路走来，也是蛮富奇情雅趣的。

新局长在一块石头前站住了。这块石头，外边黑乎乎，像有一层漆皮似的，又像一个大地雷，圆滚滚的。刘大胖子得意地介绍，说这是好货，他得来不易。

副局长一使眼色。一位处长就拍了拍刘大胖子，"这块石头就给我们局长了"。

刘大胖子说："好吧，反正也不值钱，就给局长吧。"

局长笑着摇了摇手："我不用了，我不用了。人和石也要有缘。我与这石头无缘呀，只是看着有趣而已。"

副局长又一使眼色，处长便与刘大胖子咬了耳朵，说："那就让我们副局长拿下了。"

又见到一块嶙峋奇特的怪石，像是万山耸峙，又似一艘帆船，在昂扬进发。副局长连忙向局长推荐，说这块石头有灵气，局长应该拿回家去，也可象征一帆风顺。

局长弯下腰，又细细观察了一会儿，说："还不错，还不错。"

"那就搬回去吧。"一位处长说道。

局长依旧摆摆手："我与这石头无缘呀。"

见局长坚决不接纳这块石头，处长便悄悄瞅空搬了起来，放在自己

的小车上了。

这一路，大伙儿都有收获。唯独局长两手空空。

又有一位手下向局长询问："您是看不上这些石头吗？要不，为何不搬几块呢？"

"缘，很重要。我与这些石头真无缘呀！"局长还是这么回答。

后来听说，那位处长将那块怪石出手了，赚了十多万，而副局长那个"地雷"，也转手卖给了异乡人，收获不菲。

很多人都羡慕他们，说他们有财运，用局长的话来说，他们与这些石头真是有缘。

但没过多久，他们双双被查处了。是刘大胖子实名举报了他们，说他们尽拿好处，不肯办事。

局长在干部会上也意味深长地说了这事："不能随意搬石呀，老话说得好，搬起石头砸自己的脚，还是要讲个缘呀。这个缘，有时就是原则！"

传　言

流言满天飞，明人真有点抵挡不住了。

有一位退休的老领导有事找他，事情谈完，就竹筒子倒豆了："过段时间你就要动了，蛮不错，祝贺你呀！"旁人都在，还有几位明人的部下，明人就不太自在，不知怎么回答，只是嘴里呢喃："没有，没有。"

市里开会，明人先上了一回厕所，边上一位熟人也在小解，见了明人就意味深长地笑了："你到位了吧？"明人慌忙回答："没的事，没的事，都是传言。"那熟人又笑："不会是传言吧。""是传言，传言。"明人深知言多必失，也不愿再吭声了。

饭堂里，一位大嗓门的老大姐叫住了明人，"都说你要去当主任了，找你谈了吗？"明人脑袋"嗡"的一声，真是哪壶不开提哪壶，眼睛余光感觉还有些人在瞅着自己。这会儿血压也一定飙升了。他连忙摇头，又嗫嚅着吐了几个字："没，没。"赶紧去打菜了。

这么些年，几乎年年都传明人要提了。每一次又都偃旗息鼓了，明

人依然未动，涛声依旧。这次也没个领导正儿八经地与明人谈话，谈那传言，谈他以后的去向。好在明人也是个年轻的老干部了，明白这种事想是想不到的，多说反而弄巧成拙，也就埋首在工作中，任凭风浪起，自己不参与。

这回，风浪还挺大的。他召集协调一个项目时，与会者不少，好多部门的人都来了。也许都懂明人要提了，那些相关部门的人学乖了。发表意见时，都躲躲闪闪的，观点不甚鲜明。明人刚说了几句观点，就听耳畔有谁在嘀咕："他要提了呀。脑袋总是听屁股的。"

声音很低，以为明人听不见，但明人分明听见了，心里就一凛，话就不知怎么说下去了。

此刻，手机短信也抖颤不停："要当主任了，什么时候聚聚呀。""别只顾工作，也要与大家见见面，你是我们的佼佼者！"……都是老朋友、老同事或者老同学。短信频频，可见传言是何等猖獗。明人也不知如何回答是好，不敢拂了人家好意，他一律回答道："没有的事，谢谢关心。"

连家人也问过他几次，"都说你要动了，到底怎么回事了？"明人不耐烦，瓮声瓮气地说："听什么传言，理他们干什么？""可人家也是真心好意呀。""就说没的事，烦。"明人踅进书房，就再也不想出来。

手机骤地又响了，一接，是一位老同事："唉唉，你履新了也不说一声呀。""哪里，哪里，传言，传言。""你有消息了，一定要告诉我哦！""好，好！"明人挂了电话，心里好堵。

传言如此之盛，如此之久，明人不得不说话了。

这天开办公会议，明人字斟句酌地说了几句："现在传言很多，我请大家不传谣、不信谣，把精力都放在工作上。我与大家一起共勉。"
有人会心地笑了。明人转过话题，又议起了工作。

传言还在泛滥，向明人传递来祝贺，或者探询的，也愈来愈多。明
人深知谁也得罪不起，只是笑着表示谢意，笑着说："哪里，哪里。"

很长一段时间后，传言渐渐平静了。什么都没有发生。

倒是一位领导曾找过明人，话里有话，说那些传言，是不是都出自
明人之口？传言太多不好，说不定会把好事给搅坏了。

明人甚感冤枉，刚想申辩几句，领导已经转移话题了，仿佛什么都
没提过，什么都没发生。

干 旱

一袋米粒，一把黄豆，这就是孩子们一周的全部伙食了。

明人停止了咀嚼，看着电视机上播出的新闻，心也有些颤抖了。这都跨入新世纪十年了，怎么在我们这个国度还有这种状况？干旱、干旱，自然灾害真是害人。还要这年幼的孩子受罪。想到自己尚未成年的儿子，明人心一软，鼻子一酸，禁不住眼眶湿润了。

F君年轻，三十来岁，虽没明人这么激动，但嗓门也忽地大了起来："这干旱，怎么老往我们国家跑，我还从来没听说过澳大利亚、加拿大什么的有这种干旱嘛！"

L君干脆放下了筷子，直冲着画面嚷："你瞧瞧，那些领导们还在忙这会，忙那会的，为何不赶到干旱现场去。或者马上派飞机去送水、送菜呀。我是领导，我立马就干。这才是公仆。"

F君也立即呼应："就是，现在富翁多如牛毛，政府组织一下，弄些饭菜、矿泉水什么的，让灾民有吃的，还不容易呀？！我要是发了财，马上就掏钱！"

明人说："也不是政府不作为，政府一定在安排了，恐怕这干旱面积太大，一时半会也救不了什么急！"

L君听了就不舒服了，"那也总比搞形式主义好吧，现在灾区这么困难，孩子也这么苦，少开几个会，少搞几个活动，多救济一些灾民，总是不错的吧"。

"明人，你也是个官僚，帮领导打马虎眼。"L君半真半假地笑谑道。

都是好朋友，明人一笑，也不计较。

F君年轻貌美的女友倒插话了："哎呀，我们桌上这么多菜，一半都吃不了，如果能够打包给那些小朋友吃，多好！"声音嗲嗲的，说得大家挺悦耳，心里也暖暖的。这个平素娇生惯养的姑娘，居然能说出这一番话来，可见刚才电视画面对她也冲击不小。

虽然有点不切实际，大伙儿也只是会心地笑笑，也感觉到了某些反差。是呀，这么多美味佳肴，有的只是动了一两筷，就被弃之如垃圾了。这真是太可惜了。如果能让灾民的孩子们吃上哪怕一两筷子，也是好的呀！

大家感叹着，也评论着，直到那电视新闻早已转为一个娱乐节目。

起身走人时，那一大桌食物还摆在那儿，谁也没有什么行动。明人也不习惯打包，只能摇摇头，随大伙走了。

到了车上，发现矿泉水瓶滚落一地。有的喝剩了一半，也有的一看就知还是刚刚启过盖的。原先是谁喝的，自然也分不清了，

L君说："把他们全都扔了吧。"

F君与F君女友动作挺麻利的，像扔手雷一样，将那些矿泉水扔到了窗外那片绿地上。

　　明人想制止也来不及了。他眼看着那些瓶子被飞快地扔了出去，他的心似乎也跟着被扔了出去。

　　最强烈的感觉是，有什么更可贵的东西也被朋友给抛弃了。

　　嘴唇和嗓子都干涩得难受！

　　真是干旱呀！

酒驾之后

在中学任教的老同学发给明人好几个短信，他说没什么事，有点土特产要带给明人尝尝。明人为老同学帮过一些忙，老同学一直想表示点谢意，明人已多次婉拒了，但老同学很执拗，明人不好意思，就约了他周日一聚。

老同学送上土特产，明人收下了。聊了一会，老同学神情忽然凝重起来，他说有一事不知明人能否帮忙，这事堵在他的心口上，让他吃不好睡不香，而且都快半年多了。如此严重，明人便让他直说。

老同学叹了一口气，说他半年多前驾了一辆购买不久的Polo车回家，因为喝了点酒，他又不胜酒力，脸红扑扑的，一看就知道喝过酒了，没想到，在隧道口真的被交警拦住了，扣了驾照不说，还让他一周内到交警大队报到，按规定必须拘留十天。他想不明白，自己真的喝得不多呀，要蹲十天看守所，那脸往哪儿搁。他郁闷地离开了。而且，连着半年都没去交警那儿报到。驾照没收就没收呗，从此不开车就是了。

虽是这么一说，心里头还是惊悸和恐惧的。他说他因此时常做噩梦。梦见突然之间，大批警察黑压压地出现在他面前，把他五花大绑，塞进了警车，一路警灯闪叫不停。他冷汗涔涔，再也无法安然睡去。白天上课，他也心不在焉，有时恍惚觉得警察正站在教室门口，要当着学生的面把他带走。他讲话都结巴了，在黑板上的板书也歪歪扭扭，像抽风似的。他实在受不了，曾找过校长一述。校长听了，劝他别对其他人说，传出去影响不好，正在评副高职称呢，别因此坏了好事。这么一说，老同学就更紧张了，整日提心吊胆，真怕警察找上门来。

他知道明人在政府工作，一定熟识交警的头头们。他恳请明人关照，帮忙疏通疏通。这酒驾当属重点打击之类，明人知道无法解决，却又不忍伤了他，稀里糊涂就答应一试。

明人找了交警朋友，交警朋友说，这事真不好办，这人公然半年多不主动接受处理，在网上的政务信息栏也早已公开了，无论如何，得进去住上几天的，考虑到他是人民教师，可让他自己选择在暑假或其他时间蹲上那么几天，这已经算是手下留情了。明人于是转告了老同学。老同学急了："我宁愿去献血，也不愿呆在那种地方的。"明人又把话转给了交警朋友，交警朋友回答得也挺妙："那他的学生不能因为数学没考好，而选择其他什么学科替代吧！"

得了，老同学这一劫看来无法避免了。明人也是无奈。

过了一阵，老同学又与明人商量："能否让我到里面给犯人们上几天课去，就说是警察邀请我去讲课的，我可暑假去。"真亏老同学想得出这一招，明人依样画葫芦地传给了那位警察朋友。那位朋友哈哈大笑："这老师还真书呆子，好面子。行，我明着邀请，暗里给他一张拘留证，你问他，哪天办呀！"

老同学如愿以偿。学校都知道他被邀请给犯人讲课了，连续上了好多天的课，但明人明白，老同学在里边干着劳力，听着警察叔叔给他讲课呢！

买单者悬疑

从外地来了几位亲戚，明人就在家附近小饭馆款待他们。饭店是主打湖南菜的，毛式红烧肉，香辣骨头煲等都是亲戚们特别爱吃的，价廉物美，要的就是这种家常菜，以及这种家庭式平常而又随和的氛围。

刚进饭店，就碰到了一位部下，小伙子姓方，年轻的副处长。小方见到明人，满脸的吃惊，握着明人的手，说话都是颤音："领导，在，在这里碰到您，很，很高兴。"小方提任不久，知道自己的提任完全是因为明人的果断决策，要不然，那些个对他颇有微词的领导，早就把他放到基层经受考验去了。那一考验，说不定就把他烤焦烤糊了。他感激明人，却不知怎么感谢法。他知道明人是绝不会收受他的任何礼物的。他在心里一直感恩着明人。今天碰巧在饭店遇上了，后来，小方两次到明人他们的包房敬酒。每一次敬明人都斟满一大碗白酒，一仰脖子喝个精光。

席间，又有人悄声进入，低声叫唤了一声明人。明人回头一看，是那家正在投标人民路商业街的开发公司老总，老总长得蛮斯文，毕恭毕敬地站在明人旁，完全是一副正人君子的形象。这位老总曾请明人一块聚聚，明人恪守自己的底线，从不接受业务对象的宴请，便婉言谢绝了。没想到，今天在饭店里撞见了。人家来敬酒，又这么诚心诚意，甚至有些卑躬屈膝了，明人心有不忍，于是也和他各自猛灌了一杯。老总离开时，还特意瞥了一下门楣上的包房名，笑了笑，意味深长地走了。

这一顿晚餐，因为有多年不见的远方来客，明人他们喝得也很尽兴。待到准备结束时，发觉店堂里就只剩他们一桌了。明人让服务员买单，服务员却告诉他，单已经买了。明人一愣，目光飞快扫视了一下几位亲戚。亲戚都很坦诚："我们真的没有买单。"是呀，也没有看到他们出去，不可能是他们买的呀！明人想到刚才两位：小方和那位老总，莫不是他们中的一位把单买了？他询问服务员，服务员说她没有看见，是账台告诉她单已买了。明人找到账台处，一位女子正在埋头算账。她只是瞥了一眼明人，说："我也不知道他是谁，反正把你的账结了，你不用付钱了。""可是你总得告诉我，究竟是哪位代我付了钱的，我得还账呀。"账台女子并不理睬，继续埋头盘账。任是明人讲什么话，她都不吱声了，脸上倒是笑意漾动着。

明人被搁在一边，一时感觉甚为尴尬。如果现在打电话问已离开的那两人，也不太恰当。倘若他们都不承认，倒让其中一个可能并不知情的知晓了此事，反倒更加被动。明人是很低调的人，只希望事情就地即刻解决，传出去则沸沸扬扬了。

明人想着想着，有点恼火，忍不住对账台女人叫道："把你们老板叫来。"账台背后那双眼睛十分诧异，最后还是垂下眼帘，拨起了电话。

老板从楼下走来时，明人才发觉这人认识，好像还是另一家工程公

司的董事长，曾托人想与明人交个朋友，实际就是想要一点业务做做，明人当然就敬而远之了。

老板点头哈腰："领导好，难得您到敝店，有何吩咐吗？"

明人说："不知谁把我的单买了，想让她回忆一下。"账台女人刚想启齿，老板却截住了她。替她说道："这姑娘只管收钱，也没看出人家长得什么模样。再说人家要请您，才如此出招。您又不是丢了什么钱，何必在乎和争执计较呢！是领导人好，大家都想请您。我也想请您呢。"老板诡秘地一笑。说得明人愣愣的，他感觉天地眩晕起来，他想还是离开算了，脚却像生了根似的，挪动不了半步。他一直杵在那儿，呆了好久好久……

你是我的原型

　　明人一早跨进办公室，就发觉办公室科员小栗已经恭候他许久了，而且小栗神情有些不太自然。看见明人过来，连眼神都不敢与他有接触。

　　明人问："怎么了，有什么事吗？"

　　小栗仿佛被问惊了："哦，哦，没什么。"

　　明人打量了他一下。这小伙子脸色有点暗淡，眼睛则红肿着，似乎一夜没睡。

　　"我是向领导送，送这份统计表格的。"小栗递上一张表格。

　　明人接过，飞快地扫视了一眼。这是他曾经要求的本月的基建实物完成量，要得并不急迫，再过几天交也不迟。莫非，小伙子当成大事，熬夜把它赶出来了？

　　明人若有所思地点了点头，就径直进了办公室。他不知道，小栗站在门外，愣了好久，才欲言又止地离开了。

　　这天，明人甚忙，有几项工作要赶快布置和研究，连午饭都是让办

公室打来的，匆匆扒了几口，又埋首文案中了。上厕所时，他路过小粟所在的办公室，办公室挤，小粟是紧挨着门，面向门口坐着的。

明人见他托着腮，一脸茫然的神情，开玩笑地扔下一句话："小粟，你倒挺空的呀。"

小粟忽地站起来，这下脸也抽搐了。明人已走了过去。小粟张着嘴，迟迟未吐出一个字来，浓云更加阴沉地密布在他那张白皙的脸庞上。

小粟知道自己惹祸了，真把最关心他的顶头上司明人给得罪了，他恼恨自己，也恼恨那个老编辑，置自己于这种难堪的境地。

原来，中文系毕业的小粟平常喜欢舞文弄墨，一些杂文随笔也常常在报刊上发表。因为用的是笔名，单位谁也没注意。但昨天一篇杂文惹事了。那篇杂文刊登在晚报的副刊上。关键是老编辑不知何故，把他的真实姓名给署了上去。更关键的是，他善意批评的是领导干部整日忙忙碌碌，难得深入思考的现象，他引用的就是本机关主要领导的事例，明人就是原型！连机关最傻的人，也看得明明白白。

小粟不能不为此担心，甚感后悔。自己怎么就这么幼稚呢，再写什么也不该直指本单位领导的。自己还想不想混下去，混出个名堂啊？！他昨晚一夜没睡，苦思冥想，找不着一个好办法。今天一清早，借送报表，本想先来负荆请罪的，却见明人不冷不热的，也没敢开口，现在明人又吐出这么一句话，这显然话中有话呀。

小粟头皮都发麻了！

总算挨到快下班了，办公室主任捎来明人的一句话，让小粟稍微留一会儿，明人还有事找，小粟知道难逃一劫了。明人倒从来不做暗事，要当面向他开刀了。

小粟再到明人办公室时，是战战兢兢的，他不知道平常严格但也蛮有人情味的明人，会怎么惩罚他。

明人笑着让他坐下，还递给他一本著名的文学刊物，是最新的一期。小粟还未读过，明人嘱咐他打开其中的一页。

小粟疑惑不解，翻到那一页，是一篇小说，作者竟然是明人！

明人笑曰："你读一下吧，这是描述一位80后大学生的机关生活，年轻、敏锐，也很勤勉，就是难免有点患得患失。"

小粟忽然醒悟：明人也曾是大笔杆子，还是作家协会会员呢！

这时，听到明人笑着说道："我读过你文章了，没什么，作品嘛。不过，你知道吗，你也是我这篇小说的原型。"

明人又笑了，笑得小粟心里也云开日出了。

主席台上的聚光灯

大会堂，豪华装潢，气派不凡。这个地级城市拥有这样一个场所，真够可以的。

明人受邀参加该市的一个项目表彰大会，自踏进这会堂的大理石台阶，就感觉这里的当政者非同一般。

会议即将开始。会堂里已坐得满满当当。当地的市政府秘书长热情地迎了上来，要把明人请进贵宾室，说市领导们都已到齐了。明人一看时间，就说不用再去了，反正马上就开始了。秘书长与明人也熟了，便陪明人在第一排的空位上先坐一会。

快到点了，领导们该上主席台了。会场的灯光此时出现了变化。主席台的聚光灯明显显得微弱，而台下的灯光却骤然亮堂起来。这样的反差让明人十分诧异。他转脸看看秘书长，还未启口，那秘书长就明白了，含蓄地一笑："呵呵，你要问灯光吗？这可是本市领导的风格所在呀！"明人不解，但见主席台一侧一溜人马影影绰绰已开始进场。秘书长赶紧拽了明人也往台上走去。

明人有幸坐在市长边上。会场肃静。由于台下灯光太亮，主席台又在稍暗处，明人对台下的每个人都看得一清二楚，服饰、发型、表情，甚至眼神，犹如探照灯下的事物，清晰可见。明人知道，从台下往台上看去，此时在主席台上的人，那形象一定是模糊难辨的。

他甚为困惑，禁不住往市长那边凑了凑，却见市长微闭着眼睛，似在思考，又似在发呆。他愣了愣，又向另一侧的副市长瞥了一眼。那副市长正在拨弄手机，好像在收发什么短信，他对副市长耳语道："副市长，请教一下，这会堂为何主席台灯光暗，底下的灯亮呢？"副市长像被忽然惊扰了，稍顷，才缓过神："哦，哦哦，这个问题嘛，这个问题，你向我们市长请教最好。市长常常说，主席台的聚光灯不要太亮，那不是突出领导形象吗？领导要低调，让大家伙儿的灯光亮，我们在台上看得清群众，心里也更有群众呀！"

明人听了心里一热。这市长还真有独到见解和群众观念呀，确实不一般，不一般呀。明人遂想起二十多年前，自己担任某单位办公室主任。大食堂就充作大会堂，仅在一端搭了个主席台，集中设置了一些灯光，食堂四周都是玻璃窗，也没有空调设备。夏天，窗口大开，尚可应付；冬天里开大会，窗口关严了，还是冷风嗖嗖的，坐着比站着都难受，领导坐在主席台上也不好受。后来，一位领导就想出了一个好点子。每次开会前，就把主席台的聚光灯开得最亮，一来领导在台上，自然是要亮堂些的，二来灯光大开，热量也汇聚了，那份冬日的寒冷也驱散不少。这主意很快得到了其他领导的一致赞同。每次会前，主席台灯光就打得极亮，会场的灯光就显得暗淡。那时，明人也坐在台上往下看，台下人影朦胧，什么都看不见呀。现在想来，那时单位的领导真没啥水平，和这位市长相比，该汗颜啊！

明人悄悄瞥了一眼市长，市长依然眼微闭着，似在思考，也或许是太累了，正闭目养神，做这一市市长也真不容易。

会后，明人还放不下这个心结，又向已经是老朋友的秘书长感叹，从这个细节看得出你们市长的高明。老朋友却诡异地笑了，咬着明人的耳朵说："你想想，这聚光灯太亮，主席台上的一举一动，都在众目睽睽之下，那领导们还能打瞌睡，玩手机？如果刚喝得醉醺醺的，不是还要当众关公曝红脸吗？何况，这灯太亮，太热了，谁受得了……"

婚　请

　　明人一连接到四张婚宴请帖，都是本周日的。是什么好日子，都凑一块了？一看日期，8月28日，难怪，都选这良辰吉日了。

　　好奇之后，明人犯难了，这四张请柬，都是手下现任三位处长送来的，还有一位是曾经的老部下，也是一位处长专程送来的。这可怎么取舍呢？不管怎么说，都是部下，还都一个级别，都是他们的独生子女婚庆大喜，参加谁不参加谁，都会惹出不愉快和种种情绪来。明人真有点心烦了，一时找不到任何招数。

　　忽然他想起了一个主意，干脆谁家都不去了，这些天明人身体不适，他们也都知道，都不去，也不至于引发什么矛盾。可以把礼物先送去，那也是挺给这些部下面子的啦。

　　他这么一想，心情就轻松许多，赶紧自己设计了一本贺婚礼册，庄重、典雅而又喜庆，还把自己年轻时写的一首诗，印在扉页上。亲笔书写了一段致新人的贺词，在里边还夹了一张礼金卡。他给身边人看了，大家都直说好，可惜已结婚多年，否则也要向领导索要一本这样别致的

礼物了。明人也觉得心到情到了，赶紧让人分送出去，并告之婚宴就不出席了，敬请谅解云云。

收到礼物不久，几位处长纷纷来电，对领导的这份珍贵礼物深表感谢，但他们还是盛情邀请领导能光临婚庆大典，那一定会让儿女的婚庆增色不少。明人委婉地表示了想法，便放下电话，心里依旧翻江倒海起来。人家还是想要他亲自出席呀。明人心里唉叹："真可惜了那份精心设计的礼物了。"

8月28日那天，明人坐立不安，几位处长的电话和短信时不时提醒着他，让他心烦意乱。快到下午了，感觉自己身体状况尚好，他来了兴致，把四张请柬展开，对着地图认真研究。他仔细画了一张线路图，先南后北推进，争取每一家都蜻蜓点水一下。

当他把决定传话各位时，部下们都高兴极了，他们都盼着领导能够亲临。

从下午五点开始，明人就开始了疲累的奔波。一个场子一个场子地赶，司机车子开得飞快，明人心却抽得很紧。一个场子不坐半小时讲不过去，总得等一对新人过来敬个酒，点支烟，自己还得塞个红包什么的吧。明人这天就如同急行军一般，到了一处，心神并不安宁，告辞了，再赶到下一处。直到九点钟，最后一场恰好接近尾声，明人赶到了，向新人祝贺，与所剩不多的同事、朋友碰杯，稍坐一会儿，就散席了。明人大功告成，四位部下皆大欢喜，明人这才拖着疲惫的身子回了家。

到了家，就一屁股坐在沙发上，一脸的疲惫，一脸的愁眉苦脸。

家人问道："怎么啦，是舍不得送出去的钱啦？"

"哪里，你不知道，国庆长假快到了，10月6日有6位同事的子女要办喜事，我怎么赶呀？！"

灰黑麻雀

新任书记到了这个城市不久，便发现了一种北方并不多见的麻雀，浑身灰黑，不像常见的那种，灰白，或者灰黑夹杂。

这起先有一只那种鸟鸣叫着，栖息在他的窗台上。

他的目光从文件堆里跳出来，充满了惊诧。那只鸟的大小不见异常，那双奕奕亮闪的眼睛，也透着一分机灵。但眼神又是奇特的，仿佛有什么冤屈要向他倾诉。那小小的身躯又如同负担深重，时常抖动着，像要努力甩掉什么。

那可怜兮兮的模样，让书记这七尺男儿忽生怜悯。

他撇开厚厚的枯燥乏味的公文，蹑手蹑脚走近窗台，那麻雀扑棱棱地飞了，让他独自站立着，充满失望。

他喜欢鸟儿，包括麻雀。在南方城市工作时，还曾专程到花鸟市场，买了一对喜鹊，还配了一只精致的鸟笼。那城市干净清爽，他每天早早上班，把鸟笼也侍弄得干干净净的，雀儿在笼子里啁啾，他时不时瞅上它们一眼，心情无比愉悦。

他调到现在这个城市，初来乍到，就有点水土不服。天气也老是阴沉沉的，让人提不起精神。

他本来要下去调研的，这是他从政以来养成的工作作风，到基层，到群众中走走，接接地气，让自己心里踏实。但最近他身子不太舒服，他的几位副手也劝他，先别太累了，读读文件，了解一下情况，这样以后再下去，更有准备，也更全面。他不愿拂了大家的好意，而且这些话也有些道理，他今天一整天就呆在办公室里了。

大院门口传来一阵阵喧哗。他问秘书，秘书说是上访的。他问为何上访，秘书又说是为城市污染的事，又补充一句，"哦，他们常来，这事一天两天也难以解决"。

他没再问下去，现在发展过快，很多城市都有此类上访户。南方那个城市多的是动迁上访户，他时常被他们围追堵截。他努力帮助解决了不少，也有的人要求过高，确实不太好解决。

他坐回到办公桌前，脑子里还在回想这灰黑的麻雀。这麻雀确实奇特呀。

他把秘书叫了进来，询问道："这地方的麻雀，灰黑色的，是当地品种吗？"

秘书是当地小伙。此时丈二和尚摸不着头脑："什么，灰黑麻雀，我，我不太清楚……"

看小伙子一脸窘迫，他就和蔼地让他退下了。现在城里人有几个对花草鸟儿的能说个名堂出来的呢，要他说出鸟类品种，也是强人所难了。

他又埋首于公文堆中。他看到一份一位人大代表的建议，说是这城市冬天集中供暖，大多采用烧煤方式，环境都被破坏了，他建议全部改用天然气，虽花了大本钱，但毕其功于一役，造福当代和后人。老市长在上面先批了一行字：美好梦想！

他沉思有顷，不知怎么落笔为好。

这时，窗台上又飞来了一只麻雀，灰黑色的。之后，一只又一只飞来。一下子十来只，一字排开着，隔着玻璃向窗内探头探脑。模样儿十分可爱。

他不敢趋前，生怕再惊扰了它们。他只是睁大眼睛观察着它们，纳闷怎么会这么多麻雀拥挤在他的窗台上。

忽然一声雷电惊醒了他，原来是下雨了，麻雀们在避雨呢。

但这窗口没安装遮雨棚，渐渐下大的雨，必会浇湿它们，心疼它们，轻轻走过去，想把窗户打开，这样它们可以进到屋子里。

当书记把窗户打开时，麻雀还是大都惊飞了，只有两只蜷缩在角落里，浑身颤抖。

他只能强行把它们请进屋来，关上了窗户。它们温顺地趴在他的手心，眼神有一丝惊恐。

他安慰它们，别害怕，他不会伤害它们。他用手抚摸它们灰黑的羽毛，手上觉得粘粘的，脏兮兮的。

他倒了一脸盆清水，将两只麻雀放了进去。雀儿目光起先惊慌，随之欢快地扑腾起来。

他好高兴，打了一个电话，让秘书进来，说有客。之后，再转身，他愣住了：刚才那两只灰黑的雀儿已经变样了，一身灰白的羽毛，正湿漉漉地紧贴在身上，那眼睛似乎也愈发明亮起来，正昂首望着他……

秘书进来了，见屋里并无他人，一头雾水地问："哪里，客人？"

他好久才缓缓说道："是特殊的上访者……"

心事重重

明人一整夜没睡着。眼睛红肿，面呈菜色，头发凌乱，一脸的困倦。

"怎么昨夜又加班熬夜了？老兄悠着点呀！"迎面一个老同事调侃。

"又失眠了？老板，今天没会，你可以多休息一会儿。"这是秘书的见面语，不知什么时候起，秘书都管自己跟随的领导叫老板了。明人对秘书说过几回了，机关里不要这么称呼，不好。秘书也学乖了，平常不叫，但单独时还这么叫他，说这叫着不生分。

明人也不回答。只是摆摆手，也显得很平静。

但脸上的那番神情是遮盖不住的。

秘书推门时，就瞥见明人坐在办公桌前，双目呆滞，仿佛沉溺在某种心事之中。

见了秘书，明人想说什么，但欲言又止。秘书跟了明人多年，明人的目光他看得懂，明人本来一定是想询问他什么的，但终于没有开口。

秘书也知道明人的规矩，明人不说的，他也不会多嘴多舌。

但有一点是可以肯定的。明人是难得的好人，他待人诚恳，为人谦逊，做事谨慎，言行规矩，在机关里还是颇有口碑的。他分管的工作挺吃重的，睡不好觉也是家常便饭。但看来今天明人真是心里有事呀。那脸上写得明明白白的。但究竟是什么事呢，把他压得这么深重？

明人要出门了。秘书忙问，到哪去？要不要车？这是他的责任，他可以而且必须问。

明人还是摆了摆手，阴郁着脸，说："不用了，我到食堂看看。"

秘书有点纳闷，机关食堂并非明人分管，他去食堂干吗？现在又不是用餐的点。

明人下楼了，秘书也紧随而去，离明人四五米远。这是跟着领导的最佳距离，领导能随时召唤，又显示职位差异。

明人一路无语，真是心事重重。关于食堂，秘书努力搜索记忆，想不出领导的心事与食堂有何关联。食堂还是用了十多年的食堂。此刻空无一位食客，只有戴白帽着白褂的食堂工作人员在忙碌着。

明人先到饭菜口看了看。仔细浏览了菜单。一周的菜单都写在那里，黑底白字，一目了然。秘书发现，老板的目光在昨天的菜单上停留了好长时间。昨天有一个菜是明人自小所爱：百叶结烧肉。难道，明人是来回味这道菜肴的吗？秘书脑海闪过这一念头，但很快否定了。这是不太可能的事。

明人闯进了挂有"闲人莫入"字样的厨房。几位厨房工作人员不知领导此时为何而来，都热情地迎了上来。没想到明人问了一句："昨天真有百叶结烧肉吗？"

"昨天？百叶结红烧肉？有呀。领导，我记得您也要了一份呀，怎

么了？是有什么问题吗？"一位食堂负责人忙不迭地问道。

明人只说道："哦，没什么，没什么。"之后退出了厨房。几位食堂人员还是簇拥着，明人却不吭一声了。

一个厨师显然还放不下这个话，嘀咕了一句："昨天点这个菜的有不少人，新来的刘书记都说这个好吃……"

明人蓦然回首："刘书记，真点了？"

"哦，刘书记倒没点，我记得是您向他推荐的，您让我刷了您的卡，又端上一客，让他尝尝，说您从小就特爱吃这个……"

"哦。"明人的眼睛闪亮了一下，脸上的阴霾好像也散去了许多，"这个菜确实好，每次吃都勾起我回忆呀，当年我老父亲就特别擅长做这个菜，逢年过节，这是我家的大菜呀！"

去了食堂之后，明人的眼神和脸色真的好多了。午休时他美美地眯瞪了一会。趁下午工作间歇，他主动告知秘书，说他昨天一宿没睡，他记得与新来的刘书记曾一起去食堂用餐，两人在长条桌前相对而坐。面前各有一盆自己要的便餐。因为边吃边聊，吃得也不经意，吃完后他忽然想起，自己刚才似乎从书记的盆子里夹了一块百叶结。百叶结是他最爱吃的。但从刚来的新书记盆里夹菜，也太昏头了。他想了一夜，恍惚真有此事。缠得他愈发心事重重。

幸亏食堂人员记得是他买单和点要的，那就不打紧了。他重重地舒了一口气。秘书也跟着身心轻松许多。

第二

辑

如　厕

一

　　行驶半天了，举目远眺，四周还是茫茫戈壁。除低矮的红柳和茕茕孑立的胡杨树外，大地一无遮蔽。明人发现车上唯一的女孩，坐在面包车最后一排，几乎一动不动。前两次，车子在路旁停歇了一会儿，大伙都蜂拥而下，不用召唤，四下散开，急急地就把一串长长的"热泉"，喷溅在了戈壁滩上，很快一脸轻松地返回了车上。

　　那女孩一动不动，毫无声息地坐在那儿。

　　她即便肾脏再好，也憋不了这么久呀。

　　在一个路口，车又停下了。明人与身边几位兄弟咬了咬耳朵："车上有女孩，挡一挡，非礼勿视。"兄弟们说："明白，放心吧。"有的人挤眉弄眼。孰料，待明人方便回来，见几位兄弟在车上，竟把女孩团团围住，围得真是水泄不通。见明人上了车，大家才散开。

　　这批家伙！竟然挡住女孩的视线，为明人如厕打掩护呢，这阴差阳错的，真是令人哭笑不得。

女孩还是一脸淡漠。似乎什么都没发生过。

这女孩也真是的！这种事有何不能开口的，憋得自己找罪受呀。

明人是这车里最大的官，不能漠然视之。车刚滑动几步，他立即又让司机停车。司机十分诧异："你不是刚撒尿吗？"明人也不管他，径直走到女孩那儿说了一句，"请你下车"。一车男子望着明人，满眼疑惑。

明人几乎是恳求她了："请你去吧，快些啦。"

那女孩似乎明白了，缓缓起身，下了车。

明人大声命令司机："往前开，不要回头！"

司机一踩油门，车就飞驰而去。

车上的那帮大老爷们嘀嘀咕咕起来："明人搞的什么名堂？"

司机在明人无声的盯视下，一开就是数百米。车停住了，几分钟后，明人又让车从原路返回。

到了方才停车处，门打开，姑娘走了上来，虽满脸通红，但看得出，一脸的轻松。她羞涩而又安静地坐到了后排的座位上。

车又启动，车上一片寂静。大伙儿仿佛听得出自己的心跳。一种温馨在车内漾动。

二

明人的朋友老古尿频。半小时一小时的，就要找厕所。上车下车的，就数他一人最为忙碌。

这天到了美丽的小城，刚进城区，他就憋不住了，嚷着让司机停车。司机停了车，门刚开，他就鱼一样地跃了出去，直奔路旁的围

墙。就在他准备开闸时，一个穿着城管制服的人员出现了："你，在干吗？"老古一看这架势，知道是专干罚款的营生，连忙收紧了腹。但那玩意儿已被拿出了裤裆，来不及缩回了。这城管队员于是追问一句："这到底在干吗？！"言外之意很明白，你这不是癞痢头上的虱子，明摆着的吗？这老古也狠，嘟囔了一句："我自己的东西拿出来看看，不行吗？"那城管队员一定是被噎着了，差点要笑喷了。但还是忍住了，就扔了一句："看，也要找合适的地方，走，跟我走。"他一把抓住老古的臂膀，老古想挣扎，终究底气不足，被城管队员拽了几十米。他刚想发火，却见前面出现一栋建筑，上写"公共厕所"四字，他眉开眼笑，连声道谢，又像条鱼一样，哧溜钻进了厕所，犹如找到了天堂！

电梯里的若干尴尬片段

之　一

有次明人匆忙赶去东方国际会议中心，一个重要的宴请活动即将开始。

他冲进电梯，打量了一眼低处的按钮屏，按了要去的楼层，门徐徐关上。他脑子里还想着待会要作的致词。好半天，他才愣怔过来，怎么电梯一动未动？他又啪啪按了几下按钮，电梯依然纹丝不动。糟了，电梯坏了，自己独个儿被关在电梯里了。他急了，宴请时间也快到了。他立即按住电梯里的紧急按钮。里面传来了一个声音："怎么了？"明人火急火燎地问："电梯怎么坏了？！"里边的声音很清晰传来："没有坏呀！你再试试。"

明人遂又按了一下楼层，电梯还是未动。蓦然抬头，他才发现电梯门旁还有一排常见按钮屏，他赶紧按了一下，电梯奇迹般地启动了。

原来，他刚才按的是供残疾人使用的按钮，又偏偏没有投入使用。

他真不知是谁脑残了！

之　二

明人与几位朋友说笑着进了电梯，说得兴致盎然，你一句，我一句的，笑语喧哗，幸亏没有别的乘客，大家也忘乎所以，好半天过去了，要到的楼层迟迟未到。明人纳闷了，今天电梯怎么了。大家见明人收住了笑，也面色凝重起来，看着电梯，一时不知所以然。还是一位仁兄突然拍了一下电梯按钮，电梯倏地带着他们提升了。

他们竟忘了按按钮了！

之　三

明人进了电梯。却见一个自己很不喜欢的人也在电梯内，他无言。

这短暂的时间忽然显得漫长起来。

偏偏电梯忽然卡壳了。悬在空中，死活不动了。那人用脚踢门，踢得很重很重，像要撒气在这电梯门上。

明人看着他，又被这隆隆的踢门声震头晕了，明人想喝止他，但还是紧闭着嘴，脸上却是送给他的一缕微笑。那人也笑了笑，觉得很稀罕，踢门的脚也收住了。

又是难堪的沉默。明人的微笑僵硬着。

还好，电梯很快恢复正常了。

之　四

一次，电梯里站了不少人。突然，电梯停了，灯也暗了，嗡嗡的电梯声也归于一片死寂。毫无疑问，电梯出故障了。就听见一个男孩骂了一句："这破电梯他妈的老停，一停就得大半天，氧气都要跑光了。"

话音刚落，一个高个子男人立即蹲了下来，面色也显得很难看。明人连忙俯身关心地问道："你怎么了，要紧吗？"

那大男子软绵绵地说："我，我觉得氧气快没了。"

那男孩立即说："哪有这么快的？！你他妈的神经过敏！"

"你，你少说话。多说，氧气少得更快。"那大男人又软软地说了一句，便不吭声了。

明人与一电梯的人都不吭声了，仿佛一说话空气就要被抽干了似的。

当然，还好，几分钟后，电梯来电了。

之　　五

那天，明人进入电梯，一电梯的女人。之后又挤进几位女士，在电梯里一点也不能动弹了。不过，还是有器官可以动弹的，那就是眼珠。但很快，明人发现眼珠也无法动弹了，眼光无处安放呀！这大热天，女人们穿得都很少，眼睛往哪瞅都不是地方！

起先，他还若无其事，后来发觉自己目光散落之处，竟是人家的大胸脯，浑身一抖，赶紧转移视线。又发现目光停留在了人家耳垂发梢，也一阵心颤，又扭动了脖子。最后，他只能仰视天花板，若有所思的模样，心境才稍稍平和。

电梯还老停，逐层停。他只能在心里数起了数字，打发这难挨的时间。

后来，好一阵，周边都没动静了。他觉得奇怪，再定睛一看，电梯里早没人了，就独剩个儿了！

天海趣闻录

之 一

天海是明人的一位朋友，奇闻趣事特别多，这里先记述一则。

天海是在单位管后勤的，这差事有时挺烦，但实权也不算小。他的眼睛自然是朝上的，而且那些三四把手之类，他也是看不上的，只有一二把手，党政主要负责人，才是他的爹娘、他的祖上。偏偏天不遂人意，人事变动，一个三把手跃至单位第一把交椅了。天海着慌了，如果不拿出个态度来，他一准会被换岗。

那天，正巧雷雨交加。天海带着礼物去叩一把手的家门。按了门铃，里边问是谁，天海报了大名，屋内就一片沉寂了。显然，人家极不欢迎他。天海却偏不走，站在雨里一动不动。雨水把他浇灌得完全是一个落汤鸡了，凄凄惨惨戚戚的。差不多一个多钟点过去了，一把手瞅了瞅窗外，发现他还杵在那儿，心一热，打开门，把他拽进了屋里，一拍他的肩膀说："好兄弟呀！"

明人问天海，"你怎么知道一把手终会开门呢？"天海说："我算不到他会不会让我进屋，但我算得到我如果最后病了，他还得来医院看我，还得带上慰问金……"

之　　二

系统召开大会，天海被通知上台领奖。

当他与其他人一上台，主持会议的纪委书记就皱了眉，压低嗓音问他，"你怎么也上来了？"天海也压低嗓音说："是他们通知我的呀。"天海当台一站，台下就轰然大笑了。

天海竟获得了党风廉政先进个人称号。了解他的明人与他开玩笑，"你人不坏，也不是贪官，但你这吃吃喝喝、大手大脚的形象，无论怎么也与这一荣誉称号不相称呀"。

天海自己也点头称是，说处里大家都有各种奖励了，这次，大约轮到他了，处里就把他报上了。

他还说，那天颁奖后，他主动找了纪委书记，说自己被评上，一点都不知晓，"您是书记怎不知道呢，一定是讨论名单时，您正巧上厕所了……"书记被他说得哭笑不得。

天海后来填个人履历等各种表格，总把党风廉政先进个人的称号首先填上……

之　　三

天海管上后勤这档美差时，正三十出头，青春得意，也冒冒失失的，得罪了不少人。

党内开展"三讲"时，他成了单位最引人关注的人物。问题最多，

近百条。他起先木知木觉，直到人家都拿异样眼光看他时，他才感觉出什么。老父亲不理解"三讲"，还以为是过去的什么"运动"，非常严肃地找他聊了。他哼哼着，不信这个邪。

单位委派一位副书记找他谈话，话说得有点重了，让他交待问题。他驴脾气上来了，说"什么问题也没有，就是上次单位请客，书记您让我把几条中华烟也打进发票了，其他什么都没有了"。

副书记被他呛住了。之后，再没有人这么找他了。

之 四

后勤未必是个好干的差使。天海在单位年终考评时，每次都是中层干部中垫底的人物。领导找他谈话，都是对他批评："如果搞末位淘汰制，你早就得下岗了。"天海对此耿耿于怀，总想找机会打个翻身仗。

有一个岁末的一天，公告栏通知了：全体同志下午两点，到会议室参加考核测评大会。负责测评的是上级部门委派的几名干部。天海窃喜，感觉机会来了。

原来，天海管理的后勤，各类劳务人员有好几十人呢。他们自然都听天海的。单位干部也就几十人。原本这些劳务人员是不参加此类测评的，但没明确通知是否仅干部参加，这就给天海机会了。

他让手下人也去参会，而且不早不晚，悄无声息地进入，尽量坐后边，果然，他们也都拿到了测评表。

这次结果，让天海大大地出了一口气。他竟然获得了测评第一名。领导找他谈话了，语气自然带着嘲讽："你进步也太快了吧！"

他偷偷一笑："一切皆有可能！"

之　五

天海有时挺迂，手机不会发短信就是一例。让他学，他偏不学，晃着脑袋说："学不会！"

所以，短信功能几乎被他废弃了。别人发他短信，他也不回，真有事就回拨电话过去。

他与老板也说好了，如有事发短信通知他，他会回拨一个电话，老板不用接，这就是说明他收到了通知。

默契达成了，这种方式持续了多年，还挺管用。

有一阵子，单位里的那几套海边别墅特别走俏，好多人都要来租住。偏偏老板的太太老家来了一拨客人，太太让老板安排，缠得还挺紧。说不行她自己找管事的天海。老板自知此事麻烦，硬作安排，必定引起非议。便推托天海这几天在参加封闭式项目评标，没法找他。为了圆这一说，老板还特意悄悄给天海发了一个短信，说了原委，叮嘱他千万别接他太太手机。孰料，天海偏偏回拨了，气急的太太一眼瞥见是天海来电，连忙抢了手机过去……那边天海也懵了，嗫嚅着不知说什么好。

事后老板斥责他，"让你别回电的，怎么就回过来了呢！"天海满腹委屈："我只是想告诉你一声，我知道了呀……"

之　六

天海豪爽，朋友一聚，他必大杯喝酒，喝到吐字不清，站立不稳为止。

有一次和几位公安朋友喝酒，喝得又是天地摇晃。告辞时，人家不

放心，要派车送他回去，他坚决不依，说路不远，他还有一辆自行车。他离开了一会儿，几位朋友想想不放心，开了一辆小车沿路找去，却看不见他的影子，打他手机也不接，只得无奈撤回。第二天一早又打了手机，好长一会儿，他接了，像是刚刚醒来。问他在哪？他支支吾吾的，好半天也说不清。朋友连忙驱车，又一路找去。

在路旁的土堆上，坐着天海，还有点迷迷瞪瞪的。那土沟里，歪斜着他的一辆单车。

难怪昨夜黑灯瞎火的，没找到他。原来他连人带车翻入路旁的沟里了，他就在沟里结结实实地睡了一晚！

之　七

醉酒驾车在现在，得坐半年牢房了。但前些年管得还不这么紧，天海也格外幸运。

那次又喝得烂醉如泥，还硬是自己驾车回家。

果然就闯祸了，撞上一座桥的栏杆，车翻了个个儿。

人没事。车被扣了，是大桥管理所扣下的，说车撞了桥，得检测一下，有可能影响了桥梁的安全。

其实是人家看他如此醉态有点生气，那大桥钢筋混凝土的栏杆表面，只有些许灰白的擦痕，天海只是以卵击石。

但人家就是不饶他，他拿出工作证，亮出了大名，人家也不理睬他。

后来天海找了明人。明人挂了大桥管理所一个电话。电话那边的一位熟人同意放了他的车，还告诉明人，"你这朋友真是不要命了，喝了这么多酒，自己车撞桥上了，从翻了个的车里爬出，围观中有人说，得让车熄火，否则车子要爆炸的。他还醉醺醺地又爬了进去，关了油门，再醉醺醺地爬了出来……边上的人都看得呆了，以为正拍电影呢！"

之 八

天海这段时间容光焕发，神采飞扬。知天命的年龄了，竟如十八岁小伙一样激情充沛。有朋友问他觅得什么灵丹妙药了，也有人问他碰到何等妙事了，他抿嘴一笑，哈哈两声，就一言不发。

近处的朋友家人无从所知，远在西北出公差的明人，某一日竟获悉了实情。绝非明人有什么顺风耳、千里眼之类的特异功能，而是一种自童年至今的特殊友情，让明人获得了一种信任，也领受了天海极其兴奋的炫耀。

这晚，天海打电话给明人，说："你知道我和谁在吃饭吗？"明人当然不知。天海将电话递给了他人。明人的耳畔出现了一个甜美嗲声，但稍稍细听，便知那声音并不年轻了。明人猜不出是谁，天海又让另一位女性说话，明人还是猜不准是谁。后来，天海说："这是芳芳和蓉蓉，两位俏佳人呀！"听得出天海好兴奋。

明人想起来了，这是天海的小学同学，是当时情窦初开的天海先后暗恋的对象呀。但两个骄傲的小公主家境殷实，全不把贫寒的天海放在眼里。三四十年过去了，天海事业有成，当年两位翩翩天使，已将退休，臃肿富态。天海还充溢着幸福和成就感，明人甚为感慨。

此后有一位朋友对明人说，天海常常约这两个妇人吃饭，让人觉得不可理喻。还说他是不是有点变态。

听说天海太太也耳闻了此事，醋坛打翻了。

有一回明人就与天海聊及此事，天海不掩饰他的兴奋，他说这两位

现在都对他佩服之至，还流露出悔不当初的想法。明人说："你不会干傻事吧？"天海说："哪会，都有家小了，什么事都没有，只是现在的感觉很不赖呀！有一种终于赢了的感觉。"

明人笑曰："感觉无限好，只是近黄昏呀！"

之　九

天海好酒，常常一喝就不能把持。他太太半夜寻他的电话，很多朋友都接过。

一次，早已到了东方渐露鱼肚白的时候了，明人被手机吵醒，是一个女人的声音，再细听，原是天海太太。她说一觉醒来，发现天海没回来，打了手机也不接，询问是否在明人这儿。昨晚上天海倒是与明人喝的第一场酒，酒足饭饱之后，天海就随另外两朋友赶第二场了。本来明人可以说个明白的，但明人知道，天海太太不愿天海与那两个朋友相处，他只能为天海打圆场，"他刚才还在，现可能回家了"。待他太太放下电话，连忙拨打天海手机，谁知他不接听，倒把明人急出了一身汗，一个大清早给折腾了。

有天深夜，天海一定又醉卧在哪儿了，他太太又逐个电话问过去。打通了一位朋友，朋友梦中醒来，第一念头即想为天海庇护，便脱口而出："他、他就躺在我身边。"天海太太说："让他接电话！"朋友回答："他，他喝多了。"朋友的太太也被惊醒了："你说谁睡你边上，谁喝多了？！"朋友一时尴尬不已。

都说天海这人大灵不灵，但他的朋友都很靠谱。

名　人

一

　　儿子年少，不太愿意参加明人与外人的聚餐活动。甚至是如雷贯耳的名人，儿子也不稀罕。

　　譬如那次某航天英雄正巧在本地。因为一领导与英雄的一位上司熟识，所以决定小范围聚聚。邀请了明人，还特地叮嘱明人可把儿子带来。航天英雄是多少人仰慕的呀。尤其是那些正充满憧憬幻想的孩子们。能够如此近距离地亲近英雄，也是令人欣羡的美事儿呀！正好又是周末，明人也觉得机会实在难得。

　　找了儿子，儿子正玩着游戏机。明人问，知不知道这个名人。儿子憨憨的却也很干脆："知道呀，是中国航天英雄！""那想不想见他？"明人趁热打铁，儿子不解，一边玩着游戏机，一边瞥了明人一眼："什么意思呀？"明人便把当晚的这一活动告知了儿子。没想到儿子听完，又憨憨而干脆地回道："不去！没什么意思。""傻瓜蛋，

这是多好的机会呀！人家英雄刚从天上下来不久，要见他也是很不容易的。"明人有点急了。

"真不去。又要吃饭，有什么意思呀。"儿子话不多，就这么两句，但明人知道儿子的态度了。儿子其实是宁愿在家简单吃点，可以省下时间多玩会儿游戏。

明人有点失望了，其他很多活动他不想拽着儿子参加，孩子还小，不谙世事，有些事也勉强不了他，让他比较顺心顺意地成长，也是给予他更多快乐。可这和航天英雄见面是太难得的机会了，让儿子与航天英雄接触，也是对儿子很好的教育与促进呀。可儿子正处于逆反期，他也不想太为难儿子。那天晚上他独自参加活动，看到同事的孩子与英雄亲密接触，又合影，又提问，英雄也大大方方，亲切和蔼地与孩子相处交流。明人心里为儿子错失了这份机缘与光荣的时刻深感遗憾！

之后，也有诸如此类的活动，各类名人时常光顾。明人总想让儿子参加，儿子都不乐意。让儿子与名人有所接触，其实，明人心里也是有谱的。这既是让儿子认识名人，学习名人，感知成功，激励自身，同时，也是让儿子打破神秘，解除迷信，认识自我，超越自我。但实践证明，这是明人的一厢情愿。儿子还小，还不领情。

有一天，儿子自己主动问明人了："爸，你认识那个XX网络的老板吧？""是呀，我还碰到过他呢。下个礼拜还要和他一块吃饭呢！""是吗？"儿子眼里露出一丝欣喜。"是呀！"明人肯定地说道。"那太好了！"儿子竟咧嘴笑了。

"那他一定有很多游戏软件吧？"

"那当然。你想去就一起去吧。"明人随即跟上一句。明人以为儿子开窍了。

"我不去，你就向他要点游戏软件吧。哦，要最新的呀！"

明人晕了……

二

明人出差到某地，当地朋友请他一聚，说是明人来，得让名人们出场。

明人自小就对名人崇拜和敬畏，捏着话筒有点愣怔，终于没有激动地发问，都是些谁。

聚会在一家私人会所，选址闹中取静，装饰气派豪华。

明人早到了，以显示对名人的尊重。

明人着了正装，也是出于对名人的膜拜。

因为路堵，坐一辆车来的几位名人，姗姗来迟了。

一进屋，明人目不暇接了。一拨人吵吵嚷嚷，大大咧咧的，明人在一旁不敢吱声。还是朋友召唤大家入座，说坐好再介绍。

朋友坐主人位，从左手开始介绍。那是一位穿戴得十分华丽的胖女士，长相却像一位平常的家庭主妇。朋友说，她是著名歌唱家雷磊。明人很陌生，只是礼貌地欠了欠身。他只知道作曲家有一个叫雷蕾的，那是大名鼎鼎的雷振邦的女儿。胖女士倒爽快，自我介绍说，自己是地区工会业余艺术团的。

第二位说是著名诗人北北。留络腮胡子的汉子。明人又傻眼了，他自小酷爱诗歌，即便有人说读诗愈来愈小众了，写诗的比读诗的人多，国内诗界有哪些名人，明人还是知道的。此君他从未耳闻。

再一个是一位老汉，朋友说他是著名的企业家。老汉主动欠了欠身，说自己一介武夫，管着一个区里的公交公司。

　　一个小伙子，抽着"斯大林烟斗"，乜斜了明人一眼。朋友说，他是网络名人，微博粉丝好几十万呢！小伙子撇撇嘴，一脸无所谓的样子。明人出于礼貌，向他伸出的手，也凝冻在空中了。

　　…………

　　当朋友介绍明人时，刚说到"著名"两字，明人忙打断了他，不无诚恳地自我介绍："明人，一个明白人，明白人。"

发小阿福

一

阿福是明人的发小，两人长得也挺像，那发型、那五官、那身板，乍看，还真以为是一个人。尤其是身份证上的人头像，两人活脱脱一个模子里刻出来的，他们自己也觉得挺搞笑，经常以此插科打诨。

阿福是一个粗糙之人，平常马大哈一个。明人也算是位居要职，说话做事向来谨慎、小心，但又是朋友又是老邻居的，明人与阿福之间免不了就有一些事情发生，三借证件给阿福，就让明人哭笑不得。

第一次是明人与阿福参加完一个朋友聚会回家。阿福一定要自己开车送明人。明人知道阿福并不同路，不让他送。阿福执意要送。还好，阿福没沾酒，而且有他自己的奔驰座驾，明人也就答应了，正好也可在车上聊聊。

一路上还蛮顺利。阿福平常开车很野，把马路当成赛车场的。明人叮嘱阿福开慢些，不是聊聊吗，慢些更舒适。明人还坐到了副驾驶的位

置上，这样就更易交谈了。

在高架上，就碰到麻烦了。不是阿福的错。后面一辆Polo车，撞在阿福奔驰的屁股上，"嘭"的一声，挺有力度。阿福停车，下车一看，撞得不轻，修修至少万把元呐。肇事者是一个女孩，自知理亏，主动报了警，等待处理。

本来简单的一件交通事故，阿福却忐忑不安。他对明人说自己今天驾照忘了带了，问明人带着吗。明人说："有呀。"便从兜里掏出，递了过去。阿福去处理，明人就坐在车上打盹。

当明人睁开眼时，好几位警察正围着奔驰，又拍照又记着什么，还有牵引车也来了，几个工人大大咧咧地敲车门。明人丈二和尚摸不着头脑。

原来刚才一位警察心明眼亮，一眼看出这驾照不像是阿福的。再追问阿福，阿福说了忘带驾照了，并说了自己真名。警察往对讲机里嘀咕了一阵，网上查询的信息反馈过来。警察兴奋了，今天逮着一条大鱼了。

原来阿福之前违章，驾照早被扣了，他这次违章驾驶，按规定得把车子扣下了。

还有，他还用别人的驾照假冒，这又罪加一等了。

明人这时豁了出去，说驾照是自己的。警察两眼又发直了，他们又是测试酒精，又是质问的。他们断定明人是酒后驾车，是临时调换，让阿福顶上的。酒后驾车，现在正严查呢。明人费了不少口舌，才让警察有所相信。阿福一截木头似的戳在那儿，张口结舌。那个撞车的小女孩已一脸无辜，似乎自己才是被撞的受害者……

二

明人二借阿福的，是结婚证。阿福有一天突然造访明人。那副卑躬屈膝的献媚相，明人就知道阿福无事不登三宝殿，定是有事相求。果然，阿福说："你快借我结婚证用用，那小妞死缠着我，就在楼下等着呢！"明人瞪着眼瞅他，糊涂了。

阿福着急了："你不知道呀，那个小妞一定要缠着我，与我结婚，我和她说自己早结婚了，她还死活不信，让我拿结婚证书给她看看。我哪来结婚证书，你就帮我一个忙吧，救人一命胜造七级浮屠！"

"你这小子，不喜欢人家还招惹人家！"明人摇首叹气。阿福王老五，女友不断，就是没一个能让他安心结婚的。谁摊上这么一个发小，也是"三生有幸"了。

明人把自己的结婚证递了过去，"快去快回呀。"明人叮嘱。

几分钟后，楼下吵嚷一片，其中还夹杂着明人的名字，他赶紧下楼。

原来那女友看了照片信以为真，眼泪迅速涌了出来。但阿福大意，把结婚证放在了车座上，去抚慰女友。女友又一把拿过结婚证，这一看，就看出了破绽，那姓名栏内，分明是明人的名字。明人是阿福的骄傲，女友早就耳闻了。这回，女友看穿了阿福的伎俩，立马撒泼起来。明人前去劝架时，那女友视明人为阿福的同谋，也怒骂不止，搞得明人灰头土脸的，人家还以为明人在闹婚外恋呢！

这个阿福，真惹是生非！

三

阿福有次出差，临订机票时，才发现身份证不知何时丢了。于是找明人救急，拿了明人的身份证就开路了。明人看他急吼吼的模样，也徒呼奈何。

那天傍晚，就听到某飞机失事的消息。明人仔细一听，真是阿福那班飞机，他脸噌地一下，呈现一片苍白，坐在办公室愣了好半天。这阿福毕竟是自己的发小呀，怎么偏偏碰上这等事呢！他不敢打电话给阿福家，怕让他的家人受惊。他找机场的熟人打探了一下，果然有这等事。乘客几无幸免，名单正在审核之中。他让朋友关心有无阿福在内。熟人答应名单出来就告知他。

明人悲从中来。他以为阿福在劫难逃了，这样一个活生生的人，说没就没了，他心里有一种痛，十分强烈。让他不禁泪雨滂沱。

过了不久，手机骤响。明人知道不是好兆头，讷讷的，铃声响了好一会，他才慢慢去打开，放在耳边。听见里面一个陌生而又浑厚的男人的嗓音："是明人吗？你在哪里？我是机场公安局的，想要找你谈谈。"语气说得很委婉，很平和，不过，在明人听来，却如巨雷轰顶。阿福的遇难看来被证实了，警方一定是想通过自己告诉他的家人。

两位警察很快就到了明人的办公室。明人泪眼模糊，让两位警察颇为诧异："你是怎么啦？""我知道你们将要说些什么，你们就直说吧，阿福到底怎么了？""什么阿福不阿福的？你到底有什么话要说？"几位警察互看了一眼，有点丈二和尚摸不着头脑。明人瞅着警察，也一时糊涂了。这两位不知道阿福的名字？这是什么意思？

还是一位警察开口了："我们想问你的是，你为什么没登机。你已经办过登机牌了，却不登机，这是什么原因？"

　　明人愣了，真的糊涂了，一点也不明白警察的意思。那警察的口吻是相当严肃，这比手机里的声音严肃得多了。渐渐地，明人醒悟了，刚才还泪流满面，这会儿忽然脸上就开晴了："警察，你是说阿福没登机，没在这班飞机上，那么，他还活着？他还活着！"他惊喜万分。警察却满脸疑惑，他们不明白明人怎么这种神情，或许他有点神经错乱？

　　明人赶紧拨打手机，少顷，接通了，是阿福的声音："明兄，有什么事吗？"明人一时张口结舌："你，你，你这小子，没，没死呀，你到底在哪里？"

　　后来才知道，阿福刚登记好，在候机室就碰上了他认识的一个女孩。那女孩本来就让他心仪，现在女孩一个人要到西藏阿里旅游。阿福不管不顾，连忙又购了一张机票，坚持和女孩一起去了。

　　阿福逃过一劫，明人却受到警察一番诘问和审查！

　　这个惹是生非的阿福呀！

理　想

一

没有理想的人生是暗淡无光的人生。明人长大之后才逐渐悟出这句话的含义。可又有多少人能圆自己少儿时瑰丽的梦想呢？！

高中毕业不久，明人小学的一位女同学琼热情地穿针引线，召集多年不见的同学相聚。这是一位功课一直极为优异的女生，初中毕业，全校唯有她考上了重点中学，后来高考又被复旦大学录取。她完全是一个佼佼者，是值得骄傲的。她对明人提起另一位女生燕，也是蛮聪明伶俐的，小学文艺演出，她舞姿翩翩，既导又演，是个学校明星。她俩都长得美丽动人，也是众人羡慕的对象。读名牌大学的琼说，她俩年少时都有自己的志向。琼想成为一位科学家，而那位则满怀憧憬，立志成就邓肯之建树。那时，琼的口吻满是自豪。而燕呢，明人知道她高考落榜，连中专分数线也未到。

十多年后，明人得知，琼已定居美利坚，据说在一个科研机构工作，说是科学家，明人尚不敢确定。燕是下海了，租了个商铺，后又开了饭店，与所谓孩提时的梦想相去甚远。明人看看周围，同龄人都已过不惑了，同学中下岗待业的都有了，难得有出类拔萃的。再想想自己，既为官又为文的，不伦不类，也不觉得有什么成就感，当初朦胧的理想也不知被时光送到哪个爪哇国了。由此感叹：理想，你到底属于什么，是风筝，是烛光，是可见不可遇的明月星光，是遥遥不可及的海市蜃楼？

听说有一个孩子写命题作文：我的理想。他写道：我长大要生个孩子，我要做个爸爸。老师点评一点也没责怪：你的次序颠倒了。明人佩服这老师的实在和幽默，又深为感叹：也许这才是最实际最富人性的理想？

二

她给明人他们班上课，是新增的德育课。她有一张娃娃脸，她上课，明人他们心里就不踏实。

果然，讲到了理想，她实在诠释不了这个字眼。她干脆就举例了，说的是明人。她说："我们是理工科学校，可明人却做着作家梦，这是理想吗？不，这是不切实际的妄想。"同学们一片哄笑，不知是哄笑明人，还是哄笑她。

她是上两届毕业留校的，很平庸，举了明人的例子，更显出她的贫瘠与苍白。

两年后，明人也毕业留校，不久，就担任了团委书记，后来也给在校学生上德育课。

每次讲到理想，他都心潮澎湃，他以自己为例，鼓励年轻的同学们

敢于想象，不受羁绊，路是人走出来的，人有志，事竟成，只要持之以恒，没有什么不切实际的理想。他谈文学，谈人生，谈世界，谈情感，他滔滔不绝，无所不谈。他的慷慨激昂，如疾风骤雨，浸透了许多同学焦渴的心灵。

一直呆板的教务科长找他了，脸上却带着笑："同学们都说你讲得生动，下学期你再继续授课！"

若干年后，很多同学在各自岗位上硕果累累，都给明人来信来电，感谢明人用文学与真情洞开了新的世界，开启了他们的心扉。他们大多在从事与所学专业相关的工作，但明人的授课至关重要，不可或缺。也有个别同学毅然转行，学了自己酷爱的音乐专业，也有的业余笔耕不辍，年纪轻轻，已晋升为某市政府的秘书长……

而明人既为官，也从文，是这所学校毕业生中的佼佼者了。明人曾回母校给全校师生做过讲座，却没见到过她的身影。

明人其实是感激她的，因为激励有许多种，她的浅薄无知引致的嘲讽，反而更加刺激了明人，这一定是她当年无法预知的。

一次八分之一的聚会

明人从新天地溜达出来，被一个面生的小伙子叫住了。

明人不认识他。可小伙子叫出了他的名字，还喜不自禁地、一迭连声地说："太好了，太好了，在这里碰上了你！"还未等明人发问，小伙子已迫不及待地自我介绍："我是你老邻居，对面三号楼的小李子呀，就是李家伯伯的小孙子，小李子呀。"

明人在记忆中搜索。网速一般，脑子里搜索得显然太慢了，明人有点飘忽。小李子已拽着他的胳膊，说："我就住隔壁，刚好朋友一聚，去参加一下吧，你可是我偶像！"一边说，一边使力。也许看小伙子斯文和善，也有些懵懂，明人不禁挪动了脚步。

果真就在隔壁，石库门老洋房的客厅里，已围坐了四五人。小李子眉飞色舞地向大家介绍："给大家介绍一下，这是我崇拜的偶像，我三十年前的老邻居，大名鼎鼎的经济学家、作家、规划专家、学者、官员……"明人觉得不靠谱，连忙截住了他："就叫我明人吧！""是呀是名人，大名人……"小李子又收不住口了。明人带点讨饶似的口吻说："好了，好

了，不用说了。"一位先生插进话来："李总呀，你也不过30出头，做邻居时，你才几岁呀！"是呀，明人也诧异了，小李子口齿伶俐："我就是他邻居嘛，做邻居又不是找对象，又不讲究年龄的。"大家都笑了。

小李子又介绍一位头发挑染过的女士："她是安妮。大学英语老师。是个俄罗斯血统的大美女。"美不美，明人不敢妄下结论，但看她完全是中国人的模样，出于礼貌，随口问了一句："是俄罗斯客人呀？"那女士连忙回答："哦，我是上海人。上海出生的。我的爷爷的奶奶的奶奶，是俄罗斯人。"明人还是没听明白，她究竟有几分俄罗斯血统。小李子又向他介绍了另一位客人："房地产大腕。刘总。"刘总向明人欠了欠身。房地产界，明人挺熟悉，问了他公司名称和开发楼盘。刘总说了，明人的脑子对此却一片空白。一圈下来，明人如云里雾里，不知自己是深陷了什么门。他想尽早走脱。可小李子像看透了他的心事："明大哥，你一定得坐一下，尝尝我珍藏的名贵美酒。"明人不好意思了。很快，小李子，哦叫李总，拿来一瓶包装精美的老酒，层层剥开，最后露出玻璃身段来。他小心启开，并介绍说这酱香酒，比茅台要贵好几倍，是原汁原味的，原浆沉淀了500年。味醇香甜。想当年乾隆要喝，也是没找着几瓶。明人拗不过，也喝了一小盅。拿起瓶子端详。他心中明白，天下哪有500年前的原浆酒呀。有百分之一，千分之一数十年前的原浆，就很神奇了。毕竟陌生，他没说出口，看着俄罗斯血统、房地产大鳄们如痴如醉地品味着。李总也是其喜洋洋者矣！明人提前告辞了。李总盛情挽留："我们至少得聚两小时，你还刚坐一刻钟呀。"俄罗斯血统和房地产大鳄等也表示挽留之意，明人还是恭手致意，缓步离开了。

这八分之一的聚会，让他心头憋闷。出得门来，一阵微风吹来，他竟摇晃了一下，不知是否500年上乘佳酿的作用。

出　镜

　　明人发觉自己在电视上频频出镜，心有不安。先是一个全市活动，明人大会上率先作交流发言。虽发言者也有四五个之多，几位领导最后还分别作了重要讲话。但这天电视报道就先出现了明人一个特写，最后出现了一位领导的光辉形象，其他人都被作为背景，甚至忽略了。虽然是下级单位的代表，与主席台上端坐着的领导大相径庭，但明人还是有点坐不住。

　　有一则专题片，是市里要求组织拍摄的。当时明人是坚决不愿被采访的，特别推荐了下属去应付。可组织拍摄的人却执意要明人说两句。因为这拍摄的是一个颇有影响的创新之举，还是明人第一个吃螃蟹，在自己的区域最先尝试的。他亮个相，符合情理。明人最终还是说了。之后，就又后悔莫及。这不是明着表功吗？其他领导和同事会作何感想呢？专题片播也播了，很多人和明人提了，再吃后悔药，也没法救了。

　　那天晚上约了一位领导用餐。六点半的新闻报道，头条就是领导干部下基层办公的报道，最早出现的又是明人的片段。大领导自然不会少，但明人出现的频率最高。明人都不敢看电视上的自己了。一同吃饭的领导也有镜头，不多，人家确实也不在乎这个，只是随意幽默了一

句："形象不错呀。"明人感觉脸发烫，说话也不利索了。

这一而再，再而三的出镜，不能再出现了。人家还以为自己在鼓捣什么呢？他找了办公室主任，让他提醒那些个记者，还有新闻办的那个老部下，帮自己遮挡些。这上镜的滋味不好受。办公室主任兜了一圈回来，面有难色："这怎么说呢，媒体编辑记者也不是一两个人，没法都说全了呀。"那位新闻办老部下则更是快人快语："市长都要求各级领导要善待媒体……要敢于接受媒体采访呢！"明人一时无话可说。"这人家要有想法的。"他向家人叹曰。十四岁的儿子竟以大人的口吻说道："这又不能怪你，你不是管电视台的。"孩子这一说，把明人逗得心情愉悦了许多。他也暂且把这点烦恼丢到脑后了。

之后几天，他碰到了不少人，有同级，也有部下。部下多是赞扬奉承的口吻，说他镜头里谈笑自如，现场办公干脆利落。而同级就不一样了。有的说："呵呵，好长时间不见了，一直在电视里见你呢。"有的说："形象太好了，太好了，不比市长差呀。"语气里多是揶揄调侃，甚或还有一点妒意。也有属下向明人咬耳朵："最近议论这个蛮多的，有的领导也似有微词呀！"

明人心沉甸甸的。这事，还真有点麻烦。但这也不能怪我呀。我怎么会怂恿或主动要亮相呢！对了，儿子说得对，这事能怪罪于我吗？我也不是管电视台的呀！

这孩子能懂的道理，怎么到了成人世界就变味了呢！虽这么说，他也知道逃不了干系，中国官场有太多涉及此类情状的古训了。他愈来愈沉默，愈想愈心烦，真想找个地洞钻进去，从此不见那些带有奇异目光的同行。

他做不到这点，脸发黑，人消瘦，食不甘味，话本就不多，现更加一言不发了……

老 相

　　好些年前，明人很年轻，还是一个部门的副职。正职比他年长好多，对明人不薄，还准备自己提任后，让明人接替自己的。本来一切顺理成章，就像每天日出日落一般。

　　有一天，有个陌生客敲响了办公室的门。门实际上是开着的。客人只是礼貌地提示屋里人，有客来了。来人还真是不速之客。同在一个办公室的明人和上司有点纳闷，不知此人是谁。但出于礼貌，加之明人面向着房门，他很自然地向客人点了点头，目光也发出一种疑问："您，找谁呢？"或许是明人的姿态呈现出了友好，来人径直走向明人，也很谦恭地向明人递上名片，并颇为儒雅地对明人说："领导，打扰您了。我是李书记……"话未说完，一直冷冷看着的明人上司忽然就噌地站起来："你是……"那人似乎没听到上司的声音，依然面带微笑，向明人介绍自己，无意间把上司晾在一边了。

　　后来才明白，这来客是李书记的兄弟，他是手持李书记的手谕来找这个部门的。明人也听说了，李书记之后有一次就责问那个来客："你

怎么就直接找明人了，怎么没找他上司呢。"那厮十分坦然："我一眼见到明人长得老成和气，就认定他是领导，谁知道那个年轻些的才是领导。"李书记气不打一处来："你胡说什么，人家那位才是上司，比明人也长好几岁。"那小子无所谓的神情："我就觉得明人比那人成熟得多，办事一定稳当。"这番话，后来让明人的上司知道了，上司的心情怪怪的，明人心里也七上八下的。

过了四十，就感觉日子过得飞快。好多次碰上新朋友，免不了要猜对方的年龄。有一次，就碰上了一个著名开发区的领导，宴请很有排场，觥筹交错之间，开发区的领导就猜明人五十有余，明人迫不及待地声明：自己真的四十刚过，没这么大年纪。说得旁人都不信，都说：真是看不出来。几乎就把明人视为五十年代生人了，明人说真不是，拿了身份证见证。人家说看走眼了，没想到明人还挺年轻的，二话不说，一大杯酒落下肚去，他自动认罚了。

那天，在金茂凯悦酒店，明人又接待了邻市的副市长一行。看对方老练而沉稳的面相，他斗胆地说了一句："你今年恐怕五十岁了。"副市长面露尴尬，人家可是邻市最年轻的副市长，才刚三十出头呢。这么猜测人家，不是故意踩人家的脚吗？明人面呈歉意，遂让对方也猜一下自己的年龄，并说猜大猜小让谁喝都由副市长定。对方绝不是恶意的，他揽过明人的肩膀，执意要与明人干上一杯："老兄，你一定比我年长一圈，我得拜你为师，这杯酒必须喝了。"一仰脖，嘴里一呲溜，三两茅台就下肚了。明人哭笑不得，他总感觉自己心态只有三十岁的，怎么在别人眼里，就变得如此老态了呢！问题是，自己猜陌生的朋友，也一下子把人家提高了十多岁，这是什么眼神啊！他心里百般不解，狗眼看人低，这人眼里看别人怎么总感觉比自己老呢？！

那天，他参加了中学同学的聚会，三十年不见了。他发觉那些老同学已难见当年的风采了，发或白或谢，脸多肉多褶，神态也与自己想象的大相径庭。而老同学也都说明人老了许多，也许责任在肩，更操劳吧。明人这回明白：原来这般年纪的人眼光和感觉还真是不准呀！

我要对得起我自己

明人刚送走一位处长。

办公室随从就悄悄告诉明人："常打您小报告的人，就是他。"

明人轻轻"哦"了一声，淡淡一笑，继续伏案办公去了。

是的，真不必计较这些，工作上的事已经够多了，你愈计较愈不能自拔，完全不用太介意这些的。

"领导您对他这么关心，又是出国考察，又是嘘寒问暖的。他也太拎不清了。"随从又过来说了几句，颇有些愤愤不平。

明人摆了摆手："别说这些了，忙你的去吧。"

"他就是一个小人，一个私心贪心太重的小人！"随从几乎是要开骂起来。他是为明人抱不平呢！

明人"噌"地站起身了，一脸严肃地呵斥道："不许再说了！都是同事，别出口不逊！快回你办公室吧。"

随从知道明人的脾气，虽气尚未消，嘴瘪了瘪，还是忍住了，不吭声地走了。

明人摇了摇头，习惯性地捋了一下自己的头发，就像把刚才的事情都捋掉了似的。少顷，他安静地坐了下来，又聚精会神地批阅文件了。

明人当属年轻的老干部。一直在旁人羡慕的所谓权重部门主政。其实，明人深知自己如临深渊、如履薄冰。旁人包括部下对他的期望值也很大，也都希望小步快跑，找到更好的位置。队伍庞杂，还是几个部门整合起来的，明人把舵，就是想将队伍带出样来，攻无不克，所向披靡。个别人时不时做点小动作，明人也是小葱拌豆腐，一清二楚的。但工作为重，该关心的还得关心，该忍受的还得忍受。

但很多人看不惯了，总不能让那些个别的小人太猖狂了吧。比如那个处长。明人对他够可以的，处长表面上唯唯诺诺的，背地里常做些下三滥的事儿。上次提职，因能力、学历等所限，他的手下优势明显，被高票推荐，提任为助理了，他十分不快，积怨在心，私下里又去大领导那里告了明人一状。大领导对此不理不睬，他心更不平。他虽也明白，明人做事公正，自律又甚严，对部下也是甚为照顾。说实话，明人对他还真是不薄，可他就是觉得憋屈。明人找他开诚布公地聊过，当时他心态稍缓和了些，但过了不久，又心潮难抑了。

这天，办公室主任请求明人给他一点时间，他有话要说。明人说："好呀，你有什么就竹筒倒豆子，来点爽快的。"他沏了一杯茶给这老部下。

办公室主任可能直面上司，有点紧张，看着明人宽容的笑容，那份紧张稍稍释放了些："领导，大家都在议论你，心太善了，有的人身在曹营心在汉，你早就应该撤了他们的职了！"

明人一听，就明白了主任的来意。他顿了顿，说："你也随我多年了，我想问你一个问题，现在与我当初刚到时，你说的那些人是多了还

是少了？说实话。"

"那当然是少多了。当初部门合并，你受命组阁。那时矛盾交织，人心向背，几方利益冲突，你几乎可以说是腹背受敌呀。"

"是呀，这么些年，大家的心愈来愈齐了，大家都把心思放在工作上面，也干出了不少成绩呀！那些原本有意见的人呢？你说哪里去了？"

"都在岗位上，有的还提任了，干得不错。那些人完全被你的人格魅力给感化了。可，那个处长是顽固不化的小人，你……"主任话未说完，明人截住了他的话。

"别说了，这都是我们的同事，他心里还有块垒，说明我还有工作要做。"

"可他真是对不起你呀！"

"他可以对不起我，但我不能对不起我自己！我的辞典里有一句话，任何时候，我不负人……"明人说完，突然感觉眼前的办公室变成了天际无垠的大海，湛蓝湛蓝的海，蓝天上飘浮着白云，美丽而祥和……

君子与小人

明人没料到今天还会碰上这类厚颜无耻的小人，对，那人就是小人！

学生时代，明人就碰到过这一档事。虽内容有所不同，但性质还是相差无几的。那次学生会组织的智力竞赛相当成功，同学们津津乐道，回味无穷。团委老师听到了反映，对学生会也褒奖有加。团委老师还专门召集学生会干部会议，说要好好总结一下这个活动。明人是活动的提议者和主要组织者，活动大获成功，他也是心里乐滋滋的，也等着老师夸奖几句哩。可团委老师刚开口还没说上几句，另一位学生会干部噌地站了起来，竟大言不惭地滔滔不绝起来。意思是这活动是自己发起和组织的，当初筹划时借鉴了电视台和其他高校的案例，也充分结合本校的专业特点和实际情况，创新创意，才取得如此成绩。临了，他说了，也有很多同学为此付出了努力，他提了一大串名字，明人也被提及了，但仿佛是蜻蜓点水，一带而过，也没兴起一点浪花或涟漪来。明人脑袋起初嗡地一声响，他晕了。没想到这参与者竟主动表功，黑白颠倒，混淆

视听。他想驳斥、想表白，想对得起自己的良心。但脑袋里过电影一般又滚出了一句句人生箴言和父母忠告，什么不要得罪小人，不要与小人一般见识。人还是德为上，该吃亏的就吃点亏，吃亏是福，小不忍则乱大谋等等，诸如此类，他终于克制住了。虽然心里是气不打一处来，但面无表情，眼睛都不屑瞥他，只是在笔记本上记录着什么，若无其事，他相信，那小人事中、事后总会觉得羞愧的。

事情悄无声息地过去了。很多年过去了，明人已算是一级不算太低的领导。多少年官场历练，此类事情也见识许多，明人对此的处置老练许多，也不会为这等事烦太多的心了。

没想到那天在车上，他就又碰上了这档事。那个与他同一级别，但被提任晚于明人的同事，竟当着明人的面，对几位大领导说，那个大项目是他组织拿下来的，当时费了不少心血。他还说这些明人都知道。感觉自己早已老僧入定一般淡定的明人，忽然就被激怒了。这些新来的大领导有所不知，那些个大项目当初都是明人起早贪黑，可以说是呕心沥血组织攻克的。那人当初连个脸都没露过。怎么就被他揽为头功了？明人有些恼怒。他完全可以戳穿他，比如他把项目的年月都搞错了，项目实施时，那人根本不在位置上，一切毫不相干，连边都没沾上。明人还想故意嘲笑他，"你知道这项目当时的总指挥是谁呀？是明人本人呀……"明人甚至还可以直截了当地问他，"你知道项目花了多少钱？最后的难点是什么呢？……"但他最后憋住了，心里在发笑。怎么这么多了，在这么一个层面还会碰上这样恬不知耻、夸夸其谈的卑琐之人呢！明人克制了自己，缄口不语，是因为他知道，得饶人处且饶人，大人不计小人过，沉默是金，是金子就不怕被掩盖。他甚至想到了，好在历史是人民写的。他如此这般安慰自己，心情被抚慰了许多。

后来他将这故事告诉了另一位同事。那位同事断然地责怪明人："你怎么这么迂腐！你愈这么忍让，这种小人就会愈益猖獗。"明人不以为然，也劝同事不要意气用事，自己并不在乎这个。同事更恼了："你这是为虎作伥，你这是姑息养奸。"他转身就走，要去找大领导鸣不平。

明人死命拽住了他。心里也很惶然，本来已经过去的事，自己怎么就向别人和盘托出了呢，那会不会招来人家的猜忌，甚或不满，甚至引发更多人的不解与疑惑呢？！

哎呀，看来自己还是不够老练，不够成熟，不够大气，不够……呀！

明人自责不已。

我和你比毅力

明人推崇成功三要素：志向、方法和毅力。其中最为重要的当数毅力。人必须有志，有志者事竟成。有志还要注意方法，方法不得当，方向与志向也会南辕北辙。而所有这一切，倘若没有毅力作为支撑，皆无实现可能。明人坚持这套成功理论，对儿子也常以此鞭策。孩子十来岁时，明人经常在其耳边唠叨，要培养塑造他的毅力。

孩子似听非听，似懂非懂。暑假里，还是花大部分时间坐在电脑前，游戏玩得不亦乐乎。总算离开电脑一会，又坐在沙发椅上，打开电视机，放上动漫碟片，看得津津有味。于是，明人叹曰："儿子，你要有毅力！要有毅力做值得做的事呀，老玩游戏，老看电视，怎么会有出息呢？当初，爸爸小时候，就是埋头读书，坚持不懈，连电视也不多看……"儿子不耐烦道："那时你们没有电脑，如果有电脑，你也一定会玩个不停的。"孩子这抢白好似有点道理，但明人一口否定："爸爸才不会这样呢，要有出息就要有毅力，没毅力，能做成什么事？！"

"我也有毅力呀，我坚持上网玩游戏……" "难道你玩电脑还能再玩出一个中国的比尔盖茨来？！"明人来气了，儿子停了停，也不吱声了，明人想，这回应该把儿子说服了。

转眼开学了，又很快冬天到了，寒假接踵而至。明人突然发现平常住校的儿子，长得颀长挺拔了。他很纳闷，问儿子，现在多高、多重了？儿子答："一米七六呀，体重170斤吧。暑假时也这个个头，可体重已超过200斤了。"这么说来，儿子这半年不到，就减去了约30斤，这真是减肥奇迹呀。说给同事朋友听，也让大家见了儿子本人，大家都很惊讶，孩子从小就是知名的小胖墩，前不久还是胖乎乎，走路左右摇晃的大熊猫，怎么说瘦就瘦了下来呢？儿子说："就是平常多锻炼，练散打，打篮球，还在健身房玩器械。""这可需要毅力呀。"大伙儿都叹道，"十四岁，就这么有毅力，不得了呀！"儿子听了脸色很平静，笑一笑，也没显出一丝得意劲来。但明人心里还是十分得意："呵呵，不愧是本人的好儿子，这么快就把毅力学到了，减肥这么有成果，可见儿子不一般呀！"愈得意，就愈向别人提及这个话题。

后来碰到一位嘴上把不住门的仁兄，他听完介绍，就调侃明人："你怎么就减不下来呢？你儿子都减三十斤了，你这么多年，看你减呀减，反而体重上升了。"还未等到明人回答，儿子在一旁却道："我爸爸减不下来的。"明人瞪眼："你什么意思？""你东西不少吃，怎么减下来？你是缺乏毅力呀！"儿子大人似的口吻，让明人哭笑不得："你这小子，你还和老子比毅力，休想！"儿子也不理睬，早已转身坐到书桌旁，又玩起电脑来了……

金牌的丢失

全国游泳冠军大刘一进门，就看到老婆一脸哭相。他忙问个究竟，老婆抹泪了，说："你去大橱看看，挂着的金牌不见了。"

大刘很吃惊，连忙走进卧室。大橱门大开着，第二层搁板上方的吊钩上，空空如也。家养的那只波斯猫蜷缩在一角。那块好多年前赢得的金牌，不见影儿了。咋回事？家里一整天没有人，难道是窃贼入室，拿走了这块金牌？这可是他和他们家的宝贝疙瘩，传家宝呀！

他们立马报了案。警察赶来了，忙乎了半天，说是会立案的，请大刘夫妇相信他们能破案。

但半个多月过去了，警方那儿还是无一点音讯。大刘夫妻两个挺郁闷的。

晚上他们外出散步，与大刘同为四川老乡的保安向他们打了一声招呼。这一声招呼与平常毫无两样，但让大刘的老婆一激灵。

她悄悄扯了扯大刘的衣袖，说："我怀疑是保安偷走了金牌。瞧他这贼眉鼠眼的样子。"

大刘忙截断她，说：“没证据的事可别乱猜测。何况这四川老乡对我们还挺热情关照的，好多重东西还是人家相帮搬上楼的呢。人家好歹还是管理部负责人呢，从四川来这，混得不容易的。”

刘妻撇了撇嘴：我也是说说，何必扯远了呢。

少顷，她又说：“你说我们能不能把物业公司告上法庭，就说是他们管理不到位，才让小偷钻了空子？”

大刘一琢磨，觉得这倒可以试试，类似事情似乎听说过，反正也花不了多少钱，不一定找得回金牌，但相应的赔款还是有可能到手的。

这么一想，两人就找律师去法院了。

他们找的理由很简单，平常这物业就管得有漏洞，比如他们家朋友来，物业保安也不查验什么，就让朋友进楼了。比如单元的玻璃门经常坏，有时就敞开着，任由人进出，等等，诸如此类。

官司打得火热，媒体都作了报道。打得难解难分之时，双方都托人找到了明人，让他从中斡旋。

明人心善，做了点工作。物业公司主动认错，还答应赔个三万五万的。虽然这与金牌价值还差得很远，但毕竟给自己长了点面子，大刘他们也爽快答应了。

这天，两口子外出蹓跶，在小区门口又碰上了四川保安。保安见到他们却不再热情了。

他们私下嘀咕，原来，保安因这场官司，被公司罚了款，还撤了职。

这下，他们心里多少有些内疚了。

又一晚，大刘下班回家，妻子一脸鬼模鬼样地相迎。

她悄声说，今天她搞卫生，在沙发后面的夹缝里发现了丢失的金

牌。绳带上还有猫的好多牙印。看来是波斯猫所为。

金牌失而复得自然大刘也很高兴。但他从此以后，一见那四川保安的眼睛，就赶紧将目光躲开，快步离去。他感觉自己丢失了一块真正的金牌。

搭　车

　　司机小周下午来接明人时，脸色不太好看。明人问是怎么一回事？小周说，刚让人搭车了。

　　明人说："给路人搭车解难，这是好事情，我从来都支持你呀。有什么可犯愁的？"

　　司机从副驾驶座上拿起一百块钱。

　　"人家，给你钱了？"明人疑惑了。

　　"不是，是我问她要的。"司机直愣愣地说道。

　　明人惊讶了："你主动要的，你什么意思？"明人有点恼了。司机乐于助人，明人一直很赞赏，这应该是当下必须提倡的新风。特别是在冷天雨季，给路人搭个顺路车，也是尽一份爱心。但如果收了钱，那性质就大不一样了。往常，有时客人为表示谢意，会给点小费，但司机是坚决不收分文的，还下车去追还给人家。这次怎么就收了钱了呢？

　　司机带着点情绪地说了下面的故事。

　　他说他从家里出门，开车拐到第一个路口，就见那女子拎着一个大

箱包，在朝前一步一步走着，走得不轻松。他停下车，摇下车窗，询问她上哪儿。女子爱理不理地往前走。他又驶近她，说："如果您是沿路走得蛮长的话，我可以搭您一段的。这里叫车也不方便。"

那女子朝他瞅瞅。愣了片刻，最后还是坐上了车。

车开了大约有三公里路，那女子说她快到了。她问他要多少钱？司机小周说："不用。"

那女子眼光异样地盯视着他："那、那你为啥，帮我？"

司机说："没啥，顺路呀。"

女子说："那不可能！你得告知我，这是为什么？"

司机还是说："真没啥。"

那女子还挺犟："我，不信。你这么为我？"

司机有点烦了，他从女子的神情中猜到了什么，她一定以为自己是对她有好感。可是他真无此意，而且此女的长相实在没法恭维。

在女子的逼问下，他真无路可走了。

他忽然就躁了，说："你给我钱吧。我是为了钱！"

女子声音变调了："多，多少？"

他嚷道："一百！"

女子匆忙掏出了一百块钱。

他从她手上夺过，关了车窗，就一踩油门跑路了。把她生生地撇在那里。

他心里好堵，好堵呀……

师　恩

　　明人是懂得报师恩之人。每每夜深人静，他都会想起从小学到大学曾遇见的各位老师，像过电影似的，那些老师，特别是印象深刻的班主任，在脑海一一出现。他多少都领受过他们的恩泽，三十多年过去了，记忆犹存，只是他已很久未与他们联系了，他们都七老八十的了，还都好吗？他有一种想去看望他们的念头，但这念头很快被白日的忙碌给冲淡了。

　　有一个晚上，他想起了那位女教师，他的初中班主任L，心头立即浮起一阵歉疚。他记得这多年不见的班主任，有一次给他打了电话，电话里她的声音是谦恭的。她说她一直没买过房，现在两个孩子都陆续要结婚了，她看中了一家楼盘，想拜托他能打个招呼。他当时感觉有些突兀，从来在他心目中好不威严的L，竟会主动找他，语气如此谦卑，而她所说的楼盘，他也真不熟悉，不知找谁为好。最关键的是，那时，他的父亲正在医院抢救，他是在医院过道接听的电话，魂不守舍，事后也把这电话所托之事给忘了个一干二净。数年后他蓦然想起，心里头像堵

着一块石头。

L老师曾经对他有所器重。初中一入学，他就被提为副班长。这给予成长之初的他莫大的鼓舞。后来有一个学期评选三好学生，明人有一个体育跳箱项目尚未过关，L老师专门委托体育老师课余为他一人补课。偌大的操场上就体育老师和他两个人。L老师也特地下楼来关心打气。这一幕是令人难忘的。那张三好学生的奖状也是来之不易的。

但不久明人就有所受挫了。受挫的直接原因也在于L老师。那天明人姐姐代开家长会。他本以为L老师会对自己赞誉有加。带回来的评语却是：矮子里拔长子。明人明白，自己在L老师眼里，终究还是一个矮子，年轻的自信心大受打击。后来，他也没再得到明显的关照和提携。高中，L老师也不再续任他们班主任，渐渐地，明人与她似乎也就疏远了。

毕业那么多年，未有见面。忽然已逾古稀的L老师来电求助，明人无论如何都该助一臂之力的，却因诸多缘故，他，未能出手。

这一搁，就搁成了心病。一晃，又过去了好多年。期间，有其他老师求助，他都尽力为他们帮过些忙。唯独L老师再无来电和任何信息。

这一年母校校庆，明人作为毕业生中的成功人士被特别邀请。

见到L老师了，他怀着深深的内疚，走上前去，刚想深情地叫一声："L老师您好！"两鬓斑白的L老师淡淡地瞥了他一眼，从他身旁快步走过。

明人心中一叹：这辈子师恩是难以报答了。

突　变

绿岛KTV是租赁一家化工厂的集体宿舍开设的。所以，它四周也都是些厂房。那都是些生产经营不善的厂家，人气微弱。到了半夜，这地方也就更加冷寂了。但KTV老板却独具慧眼，偏选了这僻静之处，经营娱乐场所。据说，生意还真不错。

且说明人与一批领导公务考察从邻市回来，必须要经过这段冷冷清清的公路。坐在大巴车上，一路颠簸，大伙儿都有点昏昏沉沉。后来，又觉得肚腹胀胀的，憋得颇为难受。刚才外市招待，人家特别热情，喝了不少酒，为冲淡点酒精，又都灌了不少矿泉水之类，自然现在都有尿意了。有人实在憋不住了，略带酒意地嘟囔道："司机，找个地方撒撒尿。"这提议说到大家的心坎上了，于是大家纷纷响应。

可这地方黑灯瞎火的，哪儿去找厕所呢。车开了半个多小时了，还找不着可如厕的地方。明人也很想让司机立马停下来，就在马路边上处理算了。可车内还有女性，一是不便不雅，二呢这也太自私了，只顾自己了，女同志咋办？只能半睡半醒中忍着熬着。忽然就瞥见远处一片闪

亮的灯光了。那真是黑暗中的阳光呀！车内人都兴奋起来，充满期望。驶近些了，缺胳膊少腿的霓虹灯字体，还是传递了一种喜悦：这是绿岛KTV，这KTV，果然是沙漠中的绿岛呀！"就这里，就这里，司机。"明人他们都大呼小叫的，真生怕司机错过了。车还未停稳，自动门还未敞足，就有人箭一般冲将下去。

有一批女孩拥在KTV门口。她们花枝招展，带着媚笑，迎了上来。大生意来了。

尿急心更急，谁都不理她们，这一大拨人径直闯进门去。

此时，袒胸露臂的女孩，却从各个角落里窜出，仿佛包房里都着了火似的，四处逃窜。KTV里一片混乱。女孩们看见明人他们转身就逃。连保安也没影了。明人他们都纳闷了，好半天不知所以然。

还是同行的公安领导道破了天机："他们当我们是警察了！"

啊，呵呵，这么回事呀！

"可你确实是警察呀！"明人调侃道。

"先解决内急吧，兄弟，顾不上了。"那领导笑说着，已先占领了一个便位。

第二辑

时差与距离

明人是在一个电视的相亲节目记住这个小帅哥的。

确实挺帅。鼻子挺拔，眼睛明亮，白净的脸颊，还戴着一副眼镜，模样绝不逊于那孤岛上的小马哥，与王力宏也是有的一拼了。

当然，明人记住他，不只是因为他的模样，而是他在场面上的叙述，既生动别致，又优雅得体，浑身散发着一个在西洋留过学的男孩的魅力。

主持人的问话机巧诡异，场上年轻女孩的眼光，也是带刺。他沉着应答，很有定力。

他坚持要寻找一个传统的中国女孩。传统，他强调，就是贤惠持家的那种女孩。而且，必须是与他同城，只要距离超过200公里以上，他就只好放弃。

这一点让很多女生纳闷，几番询问之后，事情水落石出了。

他说他在美国念书时，与一位内地女孩恋爱过。两地距离，让他爱得痛不欲生。最烦恼的是时差，白天他在美国忙碌着，在国内却是睡觉时间，反之亦然，两人"黑白颠倒"，他甚为烦恼。

好多次，他打她电话，她都说已经睡了。可偏偏在国内的朋友告诉他，他们在迪斯科酒吧还常常见到她。他曾追问过她，她却矢口否认了。

这场异地恋，是他一气之下了结的，很长时间，他不能自拔，一直不敢再谈恋爱。

他坚持要找一个同城女孩，他回来了，没有时差了，当然也不能有距离。

那天，当场一个仙女般的女孩，就与他对上了，两人轻轻地拥抱，很多人羡慕这对金童玉女。

有一天，明人驾车，拐过一个转角时，不慎与停在路旁的一辆白色奔驰车蹭了一下。他赶紧熄火下车。那车上驾驶座位上的小伙子，也下得车来。副驾驶座上，又下来一个气急败坏的女孩。

明人的车和奔驰车，都只蹭破了手指肚大小的一点车漆，无甚大碍。那小伙子看了看，也没说什么。那女孩则不停地叫唤："你会开车吗？瞎了眼了？你得赔车赔钱，赔车赔钱！"

明人并未搭理她，转身向小伙子说道："你看怎么办吧？是我不小心碰上了。"

小伙子抬眼看了看他，明人忽然觉得脸挺熟的，"在哪儿见过你？"小伙子也不多说，对那女孩说道："没什么要紧的。"只是向明人拿了一个电话，说他后几天去车行修理，保险公司可以理赔，明人出一个证明即可，小伙子说话很得体，只是那女孩还在嘀咕着："咋这样呀，他要赖了怎么办？应该让他赔钱，赔现金的！"

那小伙子并不吱声。互留电话时，明人才想起，他就是那个相亲的

小伙子，他的言谈举止和处事方式，不愧是吃过洋墨水呀！

在心里，明人已把这晚辈，视为朋友了。

就留了一个电话，告别时，明人自己也觉得过意不去。

小伙子很平静地向明人挥了挥手："没什么的，拜拜！"

过了一周，小伙子也没来过电话，明人歉意难平，主动拨了电话给他。手机那边的小伙子依然温和礼貌，他说车去修了，正巧碰上车行一个老熟人，就义务给他帮忙了。"没事的，"他说，"谁都免不了磕磕碰碰的。"

明人约他喝茶一聊，他愉快地答应了。

这天小帅哥精神显得委顿，明人察觉到了，关切地询问。小帅哥沉默了一会，也坦然告知，自己和女朋友吹了。"就是电视相亲时认识的那位？"明人脑海飘过一个仙女般的女孩。耳畔还响起了她在车前的叫嚷声，尖叫声。

"是她。"

"不会又是时差和距离吧？"明人笑说道。

小帅哥语气缓缓地说："时差和距离没了，但却有许多矛盾。

"比如，你知道的，上次碰车处理，我要了你电话，让你走了，她一个劲地说我傻，傻得不能开窍。

"还有，她确实很精明，也很爱我，把我手机里的女孩都查问过了，而自己却继续去参加相亲节目，说自己单身，为的是赚点出场费，也可以露露镜。"

"在同城里，我仍然感到与她之间还有时差和距离。"小伙子最后说道。

只是早恋

"想问问您，我们公司小褚，当年在学校究竟犯了什么事呀。"老刘在会上碰到明人，紧挨着明人坐下后，问道。

老刘是一家公司老总，老朋友了。他提到的小褚，曾是明人在校工作时的一名学生。

虽然好多年不见了，但老刘这么一提，小褚的形象立即在明人的脑海里清晰地浮现出来。

圆圆的脸，敦厚，还有点拘谨，明人记得他个子显得稍矮一些，好像还没发育成熟。他话不多，但写的一手好字，课余常到团委来帮忙刻印学生周报，应该是一个不错的小男孩。

就是这样一个人，某天忽然犯了一件事。明人看过笔录，是辅导员老师分别找他们几位同学聊的。他在交代中坦言，自己触碰了那位女生的胸部。

这样一个拘谨又显得儒雅的男生，他怎么会这样呢？

那些男女学生在课余玩耍，都是青春懵懂的年纪，打打碰碰，嬉

笑怒骂，不知怎么一位哆妹忽然就哭了起来，大伙瞬间呆住了，哭声偏又惊动了一位正巧路过的副校长，忙过来询问。女生这时哭喊得更厉害了，脸也是羞恼得通红。那位校长立即判断此中必有蹊跷，颇有经验地安排了两位老师，与在场几位学生，包括这位哆妹，自然还有小褚，分别谈话。他和两位老师咬了咬耳朵，脸色十分严峻，也充满自信和得意。

当天，小褚就全说了，刚才嬉闹时，他的手一不留神，碰到了女生的胸部。

校长和老师古怪地笑了："一不留神？不可能吧？你不是暗恋她吗？一定是蓄谋已久的吧？"

小褚想说什么，却一下子沉默了。这沉默就让结果铁板钉钉了。

校长在大会上大光其火了，说这样的学生，必须开除，这是要流氓。社会上的流氓行为，都发展到学校里来了，这成何体统！

随后，处理小褚的艰巨任务，就落到了明人的肩上。

可以想见，此事何等棘手。明人做了许多工作，才终于让上下认同了他的建议：再给小褚一次机会，不用重典，就给了一个警告处分。

在心里，明人是为小褚默默痛惜的，但他也只能尽力而为了。

这么多年过去了，小褚，他还好吗？

刘总也向老朋友直言相告：公司想重用小褚，但有人拿他在校读书时的处分说事，他想知道这到底是怎么回事，他相信明人。

明人凝望着刘总殷切的眼神，心里忽然想起那位校长的模样。那时，当他听见小褚的坦白后，他的眼神几乎是大放光亮的，那与眼前这位求贤若渴的刘总的眼神是多么截然不同呀，他的心被震荡了。

明人缓缓舒了一口气，微笑着对刘总说："你知道当年学校那位校长，后来的故事吗？”

刘总微露惊讶，遂又摇了摇头：“这与小褚有关吗？”

明人笑笑：“当然，那位坚决要开除小褚的校长，后来被多名女教师联名举报，他利用职权猥亵她们，被上级查实后，迅速撤职了。”

“哦，这校长怎么是这样的人？”刘总瞪圆了眼睛。

“是呀，他真是枉为人师了！”

“那小褚与他有何干系？”刘总迫不及待地问道。

“没任何干系，小褚当年的行为，只是青春小错。算不得什么，只是一场早恋。”

“上帝都已原谅。”明人又补充说道。

炒房产

她是经过激烈的思想斗争之后，才下决心找他的。

他们曾是邻居。而且，他当时追她追得很凶。他曾当场用菜刀划破手指，鲜红的血汩汩流出：不求生在一起，但求死在一块。她的头有些眩晕了。但如花似玉，心比天高的她，还是给了他致命的一击："我就是下地狱，也不嫁给你！"

面相本就丑陋的他，显得更丑陋了。那目光虽然惊诧而且哀伤无比，但仍清澈如水。

他幽怨地凝视着她，转身，走了。迁居之后，杳无音讯。

她自然也嫁人了，那一位当时也算是先富起来的一拨人。做股票生意的。后来股票赚来的钱全打水漂了，那一位从此一蹶不振，死气沉沉的，每天早晚就是搓麻将。

她是不甘此生平庸的。她终于获悉，他这些年混得不错，据说炒房产赚了一大笔，心里便升腾起新的希望。她相信，她如果真的有求于他，他是断不会拒绝的。

可毕竟二十多年过去了，她还伤害过他，她，心生忐忑。

她约他到咖啡馆。他答应了。

还是那样地丑陋，只是人比以前精神了些。那目光自然不如以前那样水一般清澈。

"想请你帮个忙，我没事做，也想炒炒……"她终于吐露出了自己的愿望。

她发现他的目光依然惊诧，而且有些说不清楚的浑浊。

从不口吃的他，竟有些结结巴巴："你，真的……"

她点了点头，很坚决，那双曾经妩媚动人的眼睛，仍是那般撩人。

他似乎承受不住那一片光芒。在黑暗里呆久了，那种亮光有时会给人以伤害。

他喃喃道："你，是为这来的？"双目微闭着。

她"嗯"了一声。"你，可以先给我一、两套，我先，试试。"

他沉思有顷，便掏出手机，拨了一个号，对着手机说了几句，便对她说："你去吧，先办个手续。"

她好感动，这么快就搞定了，她真想给他一个热吻。然而，他的目光有一种浑浊，令她却步。

她在他的陪同下，去现场察看。到了荒郊野岭，她愤怒了："这里怎么会有房产，整个一片坟头。"

她想她一定被他耍了。她想起当时他的话"不求生在一起，但求死在一块。她忽然不寒而栗了。"

他察觉到了她的异样。那舌头似乎顺畅了许多："给你的，就是左边第三排的一对墓穴。位置不错，坐北朝南，我让风水先生算过。"

她的脸色全变了，气恼得几乎浑身都颤抖起来，脑子里只有几个

字，这是"报复、报复"。她实在憋不住了，真想破口大骂甚至撕咬他。

他依然平静地看着她，缓缓说道："我炒的就是这个。我们叫小房产。当时我借了钱全部买下的时候，有人私下里说，我肯定疯了。一家人全死光，甚至带上九族，也用不完呀！现在赚了大把大把的钱，他们是不是还会说我是疯了？"

她愣在那儿，感觉他的目光渐渐清澈起来，而自己脑袋里翻江倒海，茫然一片，她想，是不是自己倒有点疯了？

都是美丽惹的祸

这个小姑娘确实很漂亮。身姿婀娜，凹凸有致，皮肤白白净净，手臂上些许汗毛也夺人眼球，脸蛋十分标致，唇红齿白，很令人怜爱。眼神里有一些不易觉察的忧郁，虽与年龄不相称，也倍添了小姑娘柔婉的气质，这样一位80后的小姑娘居然至今未找到一个舒心惬意的工作，让明人也颇为纳闷。

小姑娘要求不高，自己本就金融本科毕业，想做一个公司的白领，收入讲得过去就行。她在一家民企干过。老板是一个北方来的汉子，待她不薄，工资也比同时进门的人高，但她却受不了了。老板对她很严格，像警察一般老盯着她。时不时把她叫到办公室，无故训斥一顿。晚上，还单独留她加班。有一回，小姑娘的表兄来看她，中午还与她在附近餐厅吃了个便饭。老板见了，两眼发红，晚上加班时冷嘲热讽道："是你男朋友吧，很酷，挺自信的哦！"小姑娘解释道，他是自己的表兄弟。老板撇了撇嘴，压根儿不相信，哼唧了几声走了。

小姑娘炒了老板的鱿鱼，是因为老板某天对她说："你很漂亮，可干

活一定也得漂亮，干不漂亮，你就别干，跟着我，工资照发。"小姑娘人小心气不低，没几天，就交了一封辞职信，与北方老板"拜拜"了。

几经周折，她又找到了一家境外企业。离家又近，收入不菲，工作也蛮轻松。干了不多久，外籍经理就让她陪他应酬。她拗不过，去了，喝得酩酊大醉，外籍经理也是烂醉如泥。送她回家时，抓住她的纤手，满嘴酒气地凑近她，"跟我回家，回，回家"。幸好，小姑娘还是保留了一点清醒，再三嘱咐司机往自己家里开。到了家，就控制不住了，肠胃翻江倒海，里面酸不拉几的东西，全从嘴里喷将出来。眼泪也夺眶而出，潺潺不息。

她又辞了这份工作。通过朋友找着明人，希望找到一份安静稳定的工作。明人明白这安静稳定的含意，却绞尽脑汁。很久想不出一个办法来。

那天，在市里开会，刚坐下，背后有人呼唤他。他回头，居然是一个在国企工作的老同事。老同事五十来岁，为人敦实忠厚，也是一个尽人皆知的模范丈夫。企业管得不错，社会经济效益双丰收。明人忽然就想到了那小姑娘，这块净土应该是适合她的。

老同事回答得很爽快，可以先临时聘她一段时间，找机会再安排正式录用。明人给小姑娘去了电话，把老同事电话也给了她。小姑娘咯咯咯地笑，显然也很高兴。之后，明人得知一切都很顺利，小姑娘已在老同事公司工作了，心里也舒坦，又做了一回活雷锋嘛。

约莫半年之后，小姑娘又找着了明人，又请明人帮忙解围。说话都颤抖了，那眼神也不啻是一丝忧郁，还有些许惊恐。明人很诧异，不知发生了什么。小姑娘好看的脸，憋了好久，也未说出口。明人想了一会儿，给老同事拨了一个电话，还没说上一句，那头传来老同事从未有过的激动颤音："我，我，我要离婚，娶这仙女！"

希望与你在一起

校友会上，明人代表最近二十年的毕业生发言，言简意赅，激情深情却充满字里行间，引得上千名校友的阵阵掌声。心头波澜未平，有一个当年的死党就与他咬耳朵："刚才低一届的一位女生还在找你呢，她说你曾经给过她一张什么纸条，她至今都保留着。"

明人瞪他一眼，"不要乱说一气，哪里有这种事！我在学校时的情感史，老兄你又不是不知道！"

死党迅疾回答："我当然知道你在校时不动俗念，不为情惑，可这只是你当年给我的感觉。现在我不信了，谁知道你潜伏这么久，把该向朋友坦白的，都隐瞒了！"死党鼻子哼哼的，似乎真对明人气不打一处来。

明人当胸捶了死党一拳："你这小子到底怎么了？人家这么多校友都瞧着我呢！"

死党于是在明人耳畔又嘀咕了一句："'希望与你在一起'，这总是你跟人家说的吧。"

明人更糊涂了，这究竟是哪门子事？

死党拍了明人一肩膀："怎么做大领导了，就不承认当时做过的事了？我不与你争辩，瞧，人家已经来了，看你怎么解释吧。"

校友大会刚散，会场还是人声鼎沸的，大家还是依恋不舍，毕竟都是多少年不见了，那份感情是与日俱增的。就是在这一氛围中，一个盘着髻，脸庞标致端庄的女人向明人走来。

此人走近了，明人觉得似乎有些熟悉，却又实在想不起来她是谁。女人倒挺大方，到了明人面前，像对久别的老友一样，无拘无束："哈哈，你不记得我了吧。不过，你总记得这个字迹吧。"她狡黠地一笑，那眼角牵出的鱼尾纹似乎更衬托了她的魅力。明人愈加吃惊。死党及几个同窗也看戏一般，诡笑着期待着下一幕的到来。

女校友从挎包里真取出了一张纸，那纸折叠得方方正正。女人把它打开，递给了明人。明人却不敢接，仿佛那是烫手的火炉。但那上面的字迹，明人看得一清二楚。千真万确，那确实是他自己的笔迹，龙飞凤舞，有点洒脱不羁，是当时的做派。关键是那一行字，让明人心跳骤然加剧了：希望与你在一起。死党们已经龇牙咧嘴了，明人也一时缓不过神来。倒是女校友咯咯地笑起来，笑得纯净而透亮："大领导，二十年了，今天我终于见着你了，总该请吃一顿吧。"死党和几位同学也借机起哄："请客，请客。"死党还故意逗了一句："相见时难吃请不难，我们也有份呀。"

女校友又朗声笑了起来，手背很漂亮地遮掩了一下嘴，说："你们真是瞎起哄，我说的是我请他吃饭，是要感谢他给了我这一纸条，给了我力量。"众人一下子困惑起来。目光都聚拢在了这女校友依然秀丽的脸庞上。这，究竟蕴藏着什么耐人寻味的故事呢？

女校友说道："这是我们学生干部活动时收到的礼物。"就这一句，蓦地让明人想起来了。那次全校学生干部都聚集在阶梯大教室联欢。有一个游戏，让每个人在一张纸上写一句话，然后留下自己的姓名，折叠好了，把它放在礼物盒里，摇匀了，再让参加者每人摸取一张，并且还要当场朗诵。

明人对当时的情景有些朦胧了，但惟独很明晰地记得，当一位低一届的女生当场说出了这句话时，全场一片笑声，并都向明人投去了目光。明人有点不知所以，感觉自己做的真没什么好笑的呀。

女校友的话打断了明人的回忆。她直言不讳地说："明人这句话真给了我不少动力，当时我的期末成绩考得很差，这话无疑给了我自信与力量。"

明人眼睛一亮："真的吗？不过，这句话……"明人欲言又止。

女校友笑得很真诚："是真的，我当然明白你这句话的含义，这二十年，我只要想到这句话，就很快能从情绪的低洼地自己走出来！"

是的，希望与你在一起。这希望是名词，永远怀有希望的人，是不会沮丧或沉沦的。就像太阳每天都是新的一样。

明人笑了，死党笑了，女校友也笑得更美丽了……

90后女孩

这天明人多喝了点酒，同事拽着到他家品尝金骏眉，刚上市的好茶。

同事家大客厅灯光明亮，里面一阵喧闹，原来他90后的儿子，把十来个男女同学邀请了来"party"。同事皱了皱眉，明人见状连忙推了推他："由他们去吧，我们就坐一边聊聊，不碍事。"

这些半大不小的孩子见大人进门，先是安静了一会儿，之后，又热闹起来。

同事与明人咬耳朵："你不知道，这些孩子多么闹腾。我那个儿子，原名叫张国福的，多好的一个名字，俗是俗了点，但叫得顺，又吉利。可这孩子偏要改名，改成了张唯唯一，什么乱七八糟的名字，中不中，洋不洋的。"

一个小伙子正吼着嗓子唱"卡拉OK"，他这时回过头来："爸爸，你别损人呀，我这名字可是大师给起的啊！"

"什么大师呀，都是唬人的！"同事吐了嘴里的茶末，狠狠说了一句。明人尚有点清醒，使了一个眼色，让同事别说下去了。"改个名嘛，有什么大惊小怪的。现在改出生日期的也大有人在，见怪不怪！"他是想打圆场，故意打哈哈。

同事儿子一听，眼睛亮了："还是叔叔通情达理，我们这儿还有改属相的呢！"他叫来一位腼腆的女孩。"她原本属蛇的，现改属鼠了。"

啊！真有这么一回事吗？

那女孩轻声细语，蚊子嗡嗡叫似的："我怕蛇，想到蛇就恶心。我胆子小，干脆就改属鼠了，反正，反正法律又没明令禁止。"那轻缓的语调里，还透着一股执拗，明人和同事已目瞪口呆了。

那女孩又轻声说道："这又没什么的呀，我说不定哪天还要去改性，做一个男子汉多爽！"

同事的双眼和嘴巴都张得大大的。明人的酒也已醒了大半！

美好印象

一个大包房里坐得满满当当的。召集人说："还有一个同学将到，你们猜猜是谁。"

大家你望我，我望你，都有点迷茫。毕竟，三十多年以后的初中同学聚会，一时半会还真想不起谁来。

召集人说："是班上最漂亮的那位女生，大眼睛，俏鼻子，白皙的皮肤。"大家脑子里拼命搜索开了。明人脑海里，也闪过几个人，最后还是无法聚焦。

看大家有点急了，召集人就漏了一点口风："她在初二就转校了。真的是好漂亮的一个女孩！召集人憋不住，又透露了她的姓氏。

明人恍然想起了一个女孩。坐在自己侧位的。真的挺漂亮，现在想来，这种美丽还让人心动。那水汪汪的大眼睛就是一潭湖泊呀。明人虽然欣赏她的美，但真未暗恋过她。记忆中，明人似乎与她一句话都没聊过！但她真的是很美丽。她转校后就再也没见过其他同学。明人也在想像她的美丽。同学们短暂的沉默，也意味着一种回忆在美丽地发生。

连几位女生也都哇哇地叫嚷开了。多少年没见到她了，要见见这个美女。她现在一定还很漂亮吧。

这些女生当年也都清秀或端庄，美丽又可爱。但岁月不留情，三十多年过去了，她们已明显见老，脸上皱褶无法掩饰，赘肉也多有增加。四十多岁的女人比男人显老，这让明人心生一丝怜悯和悲哀。

有一个手机响了。召集人赶忙接听。不一会儿，带着遗憾告诉大家："她说有事不能来了，劝她也不来。她向大家问好。"

又是短暂的沉默。明人似有失落，心怅惘地飘向远方。但很快被几个吵吵嚷嚷的妇人们高强度的劝酒声拉回了。大家全无当年的拘谨，男女不分，不一会儿就闹腾开了。

这一聚，过了半夜才散席，当初几位贤淑文静的女孩（现在当然是中年妇女了）大杯喝酒，唠唠叨叨，好几次把明人的胳膊都搋疼了。那些男孩（现在当然是中年男人了），也酒胆大增，也许岁月还磨去了青春年轻的羞涩，他们和那些女生频频举杯，还兴高采烈地喝起了交杯酒。

明人到了第二天，还倍感这次聚会劳神伤身，喝了太多的酒，有些无聊。

这时想起那位大眼睛女生，幸亏她没来，至少还有一丝美丽可以想象。

有限美好

明人不知怎么的，最近老想起初中那一年，曾经暗暗喜欢过的同班的一位女生。女孩秀美的脸庞和上面那一双闪亮的眼睛，让情窦初开的明人时时心神荡漾。

初中之后的好多年，他和她一直没再见过。但他心里有她。而她应该也是喜欢自己的。他没机会，也缺乏勇气表白。有一次，那女孩的姐姐曾特意来明人家，与明人聊天。这让明人很稀罕，也很惊奇。他颇费猜测，不知她姐姐此行的目的。她是替她妹妹来探底的呢，还是只是随意串门？交谈之中，她也多次提及她妹妹，说她很勤快，家务事都被她包揽了，还不许别人插手。他听得很真切，却又显得很木讷，没敢多想。之后，他后悔了，当初为何不胆大一些呢？也许她姐姐真是为她而来的，可能见他毫无反应，因此作罢了。自己还真是太傻呀！

二十多年后，同学聚会。他见到她了。有趣的是，他们一见面，就聊起了她的姐姐，似乎她姐姐才是共同的话题。而其他，自然什么都没涉及。不过明人感觉原来他们还是很谈得来的。

这一见之后，又是数年未遇。明人不知怎的，最近脑海里时不时浮现出那张秀美的脸庞和那双闪亮的眼睛。其实，上次同学聚会，女孩已变成一个妇人了，美丽自然也褪色不少。但那份记忆，还是十分美好的。他甚至萌动了一个心念，想与她聊聊，当然绝没有其他什么想法。他与她都有了各自的家。异想天开的事，明人是断不会做的。但他确实想与她聊聊当年的心情，想了解她的真实想法，还有她姐姐上门踏访的真正目的。这样的年纪，来追述当年的青春和爱情的朦胧和激情，应该是挺美好的。

他这么想象着，这种美好也云遮雾绕一般，变得生动起来。

那天，他接到一个电话。是她打来的！他按捺住激动的心情，与她攀谈。她说她有事想找他。她说想想只有他可以帮忙。明人嘴上没说，心里却在说：你应该找我呀！早些找我呀！她说同学中只有你最出息，你一定可以帮我。说得明人心神摇荡。她又说："我真不好意思，儿子学校毕业了，一直找不着工作，想请你帮助，找一个稳定点的工作。那样，她一家人都会感激。"

明人明白了，心有点凉。人家可是很实际的，哪有自己的稀奇古怪的念头呀。

过了两天，明人又收到了她的短信，短信说：拜托老同学了，千万帮帮自己这个忙。知道你办这事，需要一些费用，我一定会给你。

明人的心像掉进冰窟窿里了。他想，自己幸亏没有找她聊及当年的爱意，这时候说及那些，实在是太不合时宜呀！

原来有些美好，真是有限的！真谈开了，就一文不值了。就把这些美好留在自己的回忆之中吧！明人无奈地安慰自己。

看着我的眼睛

美丽可爱的岚飘散了有半年多了，那温柔的目光从此熄灭了。尹心灰如死，欲念全无。

这一天，他又踽踽行走在海边，喃喃自语。他是在念叨着岚。他和她曾经在海边相识相爱，并无数次地在海边依偎着前行。而现在，由于岚的离世，这些回忆都成为了永远的痛。尹痛不欲生。没有了岚，他活着还有什么意义，如果不是岚在弥留之际，再三要求他好好活下去，他早就跳入海中，追随她而去了。

世界对他已无意义。他感觉自己就是一具行尸走肉。

即便如此，他还是觉察到了有人一直在跟踪自己。不远不近，若即若离。这人已经跟着他好多时候了！

是家人？好友？同事？抑或是他们雇来的看护他的人？不像是坏人。他目光呆滞，一身单衣，没有人会对他下什么狠手。

他连死都不怕了，还怕什么。他置之不理，他现在脑袋空空的，聚不起一点神来。他盲目地往前走着。

那人亦步亦趋，保持着一段距离，没有一点放松的意思。

尹心烦了。毕竟这么多天了！这无聊之人究竟是谁，他到底想干什么？！

尹突然就停步了。转身，向那人飞快走去。

那人显然不知尹会有这么一招，凝滞了步伐，一动不动。

尹走近了，那是一个陌生的中年男子。他不无厌恶地盯视了他一眼，目光里透露着一种恼怒和愤懑。

然而，那男子的目光毫无一点退缩，静静地迎候着他，凝视着他，仿佛尹早就是一个自己的熟人，一个特别熟悉的人。。

尹反而有些不知所措了，他的脚步也凝滞了。

那位陌生男子，走到了他面前，说："你不能这样活着！"

尹嘴唇牵扯了一下，那意思是，这与你有关吗？

那位男子仍定定地注视着尹。少顷，他又说了一句，"请你看着我的眼睛。"

那是一部苏联老电影的一句著名台词。他，这是什么意思？

"请你看着我的眼睛。"陌生男子又低沉地说了一句。

尹不屑一顾地抬眼看了看他。他忽然感觉那只右眼的目光温柔地一闪，是他久违的那种目光，它是那么刻骨铭心。他这些天都在思念这一目光。

他是谁？陌生男子开口了："你的岚，在临走前关照我，一定要看着你，关心你。她最担心你走不出来，不好好活着。

"我只是一个普通的病人。但是她把眼角膜捐献给了我。让我看着你好好地活着，是她唯一的条件……"

我好像见过你

明人应邀参加一个宴请。主人向他介绍了几位座客。

一位女导演，名字是陌生的。握了手，明人觉得脸熟，就说："我好像见过你。"女导演吃惊，转瞬莞尔一笑："也许吧。"明人却记不起在哪儿见过。他们生活在南北两个不同的城市，见到的可能性很小。但明人对她的一笑一颦真有熟悉之感。

又介绍了女导演的助理，一位更年轻的大学毕业生，自然靓丽姣好，据说刚随女导演不久。明人见了，又觉似曾相识。握着手就脱口而出了："我好像也见过你！"人家的眼光飘了过来，里面完全是平淡和陌生的滋味。女孩刚从学校毕业，而学校所在的那个城市，明人根本也没落过脚。大家的目光也有点迷雾了。明人真不自在了。

类似故事还在不时发生。

这就令明人奇怪纳闷了，分明是熟悉的脸容，怎就真没见过呢？

有人哂笑了："你不懂呀，你说好像见过人家，就当人家为梦中情人或者前世恋人呀！"坊间，还真有流传这么一说的。明人发觉自己真是傻到家了，这话还真不能随便说。可就是梦中情人或前世恋人，也不应该这么多呀？而好像见过，也是明人真实的感觉呀。

明人一时没想明白。后来又有好多次，明人又撞见了这样的情状，不过，有女的，也有男的。人家真想不起在哪见过了。场面难免有点尴尬。一次，一位中年汉子倒能解嘲，也替明人解了围："我就是一张大众脸，到处可见。"

也有朋友为明人分析，"也许你识人太多，而天下的脸又太多雷同，你就常常会有这种感觉"。想想也是，人与人总会有相似之处，张冠李戴的事都会发生，这相像的脸，应该也不会少的。明人想想就释然了，不过以后的场合，也避讳不提了。除非从对方的目光里，也读出了曾经相识的神情，才会互提互认。

某一天，明人又在一个初到的城市，参加一个party。二十多人早在了，除了主人，皆为陌生的年轻人。青春洋溢。主人隆重介绍了明人。明人谦恭地向大家点头致意。

一个男孩亮着嗓音说："老师，我好像见过您。"明人抬眼打量了一下对方，小伙子很精神，却十分陌生。他断定没见过他，就笑着说："不会吧，我就是一张大众脸。"

小伙子却眨了一会眼睛，坚决地说："我真的见过您。去年您来我们大学上过课，还给我签过名呢！"

哦，明人想起来了。这回不是大众脸了！

海　藻

　　早些时候参加应酬，明人的朋友C带来一位靓妹参加，引得周座一阵好奇。朋友已婚，明人也有点纳闷，C向大家随意介绍，"是我的大学同学，就是同学"。说得很淡然，可他们俩眼神的交流却是另一番味道。之后不久，又一场聚会，朋友C又带来一位靓妹。他还是随意地向大家介绍："是表妹。""是亲的还是远房的？"有人坏笑。靓妹脸红，朋友C倒挺大方："就是表妹。"席间，那种眼神又无意间流露出来。

　　一段时间后，明人又与C碰面了。这回也是一位容貌俏丽的姑娘。不等发问，朋友C就主动发腔："这是我邻居，一起来了。"邻居？老邻居，还是新邻居？明人心里打了一个问号，可不好意思当面询问。但看他们俩亲热的劲儿，明人再傻心里也明白几分。

　　好多年之后，又邂逅朋友C。朋友C已年届中年，也是某个行业的知名专家，堪称成功人士，在饭桌刚坐定，就有一个年轻女孩子翩然而来。朋友C笑曰："这是我的学生。"女孩朝大家嫣然一笑，而给C的笑则是一个媚笑，明人看得很真切，他们的关系一定非同一般呵。

前不久，明人又与C等一批朋友相聚，C边上自然又少不了一个宝贝娇娃。这回，大家都没说什么，只问了她一个姓。C讲得很轻，并附加了一句："是我学生。"明人没听清楚，便问边上另一位朋友。那位朋友呵呵一笑，笑得很暧昧，他说她是C的海藻。什么海藻海带的，明人还想追问，可见大家都坏笑的模样，也不吭声了。

后来想起最近播放的电视连续剧《蜗居》，那个大学生海藻不知不觉就当上了"小三"。明人也会心地笑了。这海藻的叫法比什么同学、表妹、邻居、学生的，要有意思得多。

某天，朋友聚会，有人发来短信"带上你的海藻一块来"。他想，自己哪有什么海藻呀。要带就带一个海豹去，逗死他们！呵呵！

美女生日

明人到北京出差，几个朋友拉他晚上活动活动。是一个金碧辉煌的酒吧会所，二十多人，觥筹交错，美酒飘香，气氛像夏天一般炽热。一问，才知道，朋友刘的女友今天生日。明人心里就"咯噔"一下，嗔怪朋友刘怎不早说，连一份像样的礼物都没准备。朋友刘一副无所谓的样子："你还计较这些呀，来，喝酒，喝个满杯。"礼物没带，明人心有点虚，这满杯酒虽又苦又辣，也不好意思推托了，仰脖一口干了。从喉咙口到胃肠，一路灼烫。后来又齐声合唱生日之歌，看着刘的女友喜鹊一般欢快地吹灭了蜡烛。这一天，直到凌晨三时方才收场。

几天后，晚饭刚用毕，朋友徐又来电，要陪明人到另一酒吧坐坐，盛情难却，明人去了。一到，又是一大拨人，有的前几日见过，其他大多数人是陌生的，闹腾得挺欢。朋友刘也在，过来敬酒，说今天是女友的生日。咦，上次不是刚过吗？难道不是同一个人，这刘也够酷的，可定睛一看，还是上次那位女孩，小巧可人，喜滋滋的俏模样。明人疑惑了，朋友徐忙解释，美女生日要过一周呢，上次才是刚开个头呢！明人恍悟，又自责太粗糙了，礼物都没补上，也太不好意思了，朋友刘依然不在乎，说："您来，大家高兴，就好。来，干上一个满杯。"细巧的高级酒杯内，满满一杯XO（特陈白兰地）。醇香酡红，明人又一口咕嘟咕嘟喝了，迅即一股热浪似乎从脚底往上升腾。他已有三分醉了。众人又齐唱了生日之歌，美女又许愿，吹蜡烛。明人坐在一旁，眼前恍若梦幻一般。

一个多月之后，朋友刘携女友到沪。明人作东道主，想尽一份情谊。稍迟到了酒店，却被场面给镇住了：一个大圆桌子，中间一个精致诱人的生日大蛋糕。十多个朋友已团团围坐。明人想不起来谁这么安排的，也不是自己生日，这朋友刘到底唱哪门子戏呢？明人一落座，朋友刘开口了："今天是我女友生日，你们谁都别想买单，今天我请客。"明人这才注意到，那个女孩小鸟依人一般依偎在朋友刘的身旁，脸上流淌着甜蜜。这女孩不就是上次在北京见过的那位吗？怎么才过了一个月，又过生日了？明人这回是真正糊涂了，朋友刘见状大笑不止："上次是阴历，这回是阳历。呵呵，来，喝酒，干个满杯，祝我可爱可亲美丽无比温柔无限的女友生日快乐！"

美女脸上泛起了一阵红晕。明人也晕了，是头晕。

美人计

明人的朋友L君是一个风流倜傥的汉子。上大学那会，他又年轻又帅，挺招女生喜欢的。当时已在屏幕崭露头角的红妹，也与他情愫萌动，不久就共浴爱河了。

L君不太用功，特别是英语成绩老上不去。红妹偏巧是英语课代表，英语成绩是班里最拔尖的，大家都很佩服。老师也常常夸她勤奋而聪颖。情侣相助，天经地义。红妹于是带L君恶补英语，不让他成绩提高决不罢休。那次期末考试，好多同学都有点懵了。题目出得挺冷门，也蛮刁钻，很多人都一筹莫展。好在L君就坐在红妹一旁，红妹功底深厚，这些难题都不在话下，因此L君也沾了不少光。

L君斜眼偷看着红妹的答案。用余光扫视着红妹的答卷。红妹也积极配合。把答好的卷子往L君处挪了挪。情侣间配合得相当默契。监考老师似乎也视而不见。

那一年，成绩公布出来，红妹95分，L君却98分，第一次摘得班里的第一名桂冠。红妹也想不通，这抄袭的怎么会青出于蓝而胜于蓝呢。

这困惑成为了多年的未解之谜。

二十年后，谜底揭开了。一次，明人约L君等一批朋友聚餐，红妹也在场，酒后，大家又聊起了这段故事，L君酒后吐真言：那英语老师原来也是一个年轻姑娘，L君少年英俊自然也博得了姑娘的一份欢心。那天考试，女老师负责监考。她若无其事地踱到L君桌旁，可爱的小手指精灵般点了一下那几道是非题的答案，L君喜不自禁……

现在已是二十年后了，L君与红妹婚后也分手了，谜底被揭开了，也揭开了L君的魅力和某种难以抹去的失落……

请您签个名

男主播是明人的好朋友，天天黄金时段在电视里露脸，颇有知名度。

明人真切感受到男主播的社会影响力，是在某五星级宾馆用餐。席间，男主播发现海鲜拼盘中的象拔蚌有点变味了，让那个小服务员去换一盘，小服务员是刚从外省市过来打工的，不认得男主播，也怕老板责怪，杵在那儿就是一动不动，脸是苦相的，可步子就是寸步不移。说话间，惊动了一位经理模样的人，他一见男主播，就眼睛一亮，学日本人对男主播深深鞠了一躬，连声道歉，下令赶紧再换一盘新鲜的，而且再三表示："您来了，是我们宾馆的光荣，这海鲜拼盘就是我们奉送的，您的餐费，我们也按vip给您打七折，欢迎您多多光临。"那一回，男主播脸上十分光彩，喝酒说话时，都颇有自信，让人很是羡慕。

男主播开玩笑，说他这张脸就是最有效的pass（通行证），他说他有一次到服装品牌店购置一套出国的服装，正在细看一套西装的面料，那些女店员发现了，一窝蜂地挤过来。还嚷着要与他合影，要他签名留念。他被崇拜者包裹着，真是透不过气来，瞅了一个空当，赶紧开溜了，害得服装都没买成。话虽这么说，男主播心里还是乐滋滋的。说得大家也羡慕死他了。

那天晚上男主播喝了点酒，还要开车回去，明人再三劝他别一意孤行，现在查得又都很紧。男主播全不当一回事。他说这真没问题，警察见了他，都认识他，有的还直向他敬礼，甚至索要签名呢。男主播坚持要驾车，大伙拗不过他，明人干脆坐他的车，说一路为他护航。

男主播也潇洒，一踩油门，车飞驰起来。在隧道口的支路上，红灯闪亮，他也径直闯了过去。明人讶异："这里有探头的！"

果然，在隧道出口，真有警察坚守，像是检查酒驾的，男主播的车已被注意到，无法退却了。一个警花风姿飒爽地走了过来。男主播久经沙场，一点也不着慌，他让明人把驾驶位上方的车灯打开。这样，警花一眼就认出了他，向他敬礼，脸也微微晕红起来。男主播笑笑说："不好意思，就喝了一点酒，不会有事的。"警花凑上来，就近嗅了嗅，显然，男主播酒喝得不多。他想踩了油门就走，却突然被警花拦住了，男主播一愣。警花却将手中的本子和笔，都递给了男主播："请，请您，签个名。"呵呵，显然又是一个粉丝！男主播爽快地接过，飞快地签过。本子还给警花。警花却将第二张撕下，递给了他，接过一看，是一张处罚通知单!上写一句话：擅闯红灯！

湿 手

都市丽人嫁给了外地小伙子，这里一定有什么耐人寻味的故事。明人自恃大哥身份，向新郎官发起了追问，立马赢得了在场一批年轻男女的热烈响应。这些都是所谓80后的靓男靓女们，新娘堪比明星，美丽又大方，是人见人爱的那种类型，身边追求者如云。新郎肤色黧黑，微胖，眉眼里还缺乏城市小伙子的帅劲。偏偏新娘就选中了他，疑惑是难免的。

新郎挺幽默，随口说了一句："湿手粘面粉。"明人与大伙起先一愣，随即都笑了起来。这件事一定很有趣！新娘此时微嗔了他一眼，脸上却流淌着甜蜜。

在一阵又一阵的掌声和喊叫声中，新郎终于开始叙述。室内顿时一片宁静。

姑娘是校花。向她投以丘比特之箭的人层出不穷。她恪守一个想法：没找到惬意的工作之前，坚决不找自己的另一半。很多人碰壁了，心冷了，等不及了，纷纷退却。直至姑娘毕业之后，心想事成，终于找到一个如意的工作时，身边又簇拥了更多爱慕者，但长期坚守的，当年同一所学校的，就只有两个人了。一个是本地男，长得像黄晓明一般酷，潇洒倜傥，也算是富二代。另一位则是外地来的男孩，其貌不扬，也是蚁居一族。两人追求姑娘都追得很执着，姑娘想在他们中选择，却始终无法决断。这两个男孩是哥们，他们心知肚明，也正人君子，没有急不可耐地用阴招。三个人像好朋友，有时也一块儿玩。

那天，姑娘生日。吃了饭，吹了蜡烛，姑娘想去新天地看电影，他们两人都陪了去。两人各坐姑娘一边，看着看着，姑娘的两只手就分别被他们一人攥住一只了，她陡地紧张起来。感觉他俩都只是握着自己的手掌，心才稍稍宽舒些。姑娘没经历过这架势，手心都湿漉漉了。左手被本地哥干爽的手牵着，少顷，本地哥用餐巾纸擦了擦，把一个光滑温润的小物件，塞在了她手里。右手，那外地哥死命地攥着，她感觉他的手心也汗津津的，两只手都攥出水来了。本地哥却没再牵她的手。

散场后，她才发现左手是一颗钻石，晶莹透亮，价值很昂贵。而右手是一把汗，是两人的湿手交融出的另一片透亮晶莹。

姑娘明白，这一生该牵谁的手了。

故事讲完，明人带头鼓掌。却见那些80后的男女们都在那儿沉默着，良久，才跟着鼓起掌来。

他抄了我作业

过了二十年再相逢的同学，总会爆料一些让人津津乐道的故事。明人碰到了那个长着娃娃脸的女生，虽看上去有了点沧桑，但娃娃脸还是俏皮可爱的，仿佛当年的纯真一点也没有打折扣。她拽着明人的手臂说："你现在混得好不错呀，在校时你可抄过我作业。"明人有点吃惊，她一脸坏笑，可这坏笑纯净透明，是一种调侃，绝无一点恶意，明人遂想起，当年这位娃娃美女还是数学课代表，某天课前催促明人交作业本，明人才发觉还有一道题忘了做，一时焦急，就把她的作业本拿去抄了，这么多年过去了，她竟然还提起。明人一点没生气，一种亲切和美好的感觉在心里升腾。他和她仿佛又回到了二十年前。

不久前也曾耳闻一位仁兄A不无酸意地嘀咕："这小子念小学时抄过我作业，现在倒成了我的顶头上司了！"他正在说他的一位领导，领导对他还蛮关心的，经常给他点小恩小惠的，他也过得蛮滋润的，可他时不时总想到过去。

明人也听另一位朋友B说过，他中学的一位同学，老是抄他作业，现在飞黄腾达，已是一个地方的父母官了，平常见他甚难，只在电视新闻里经常见到。他气咻咻地说："他欠自己欠多了，抄了那么多作业，现在连一点小忙都没帮过，不像样！"

明人闻言，心怦怦然直跳，暗自庆幸，没碰到这么两个主儿，还是娃娃美女好，否则这头皮早被牵得连头发都得拔光了（"牵头皮"是上海话中受人辖制的意思）。

不过，明人细细观察思量，发觉了一个挺有意思的现象：仁兄A当年奉献出自己的作业本时是有回报的，那位抄作业的同学常常照顾A，仗着自己块头大，护佑了身子羸弱的A，A就像那位同学的小爬虫一样，形影相随。所以，A虽有牢骚，但同学做了他的顶头上司，也是情理之中的。

那位咒骂父母官的朋友B，现在早就下海闯荡，已有近亿身价了，当年父母官抄他作业时，他也是颇有经商头脑的，抄一次必从父母官那儿收取三角五角的钱，否则，他不会轻易出手。

而那娃娃美女，真是心地善良，她只是奉献，未有索取，听说视在某机关任科员，评价甚好，还屡屡评得好公仆奖呢！

在　乎

很多事情阴差阳错，在其中可能浑然不觉，出来了如梦初醒。

那天明人到老友D君的办公室一坐。D君自办公司，小有成绩，因很早认识，明人与D君也常联系。

正在品味D君从黄山刚带回的毛峰。新摘的毛峰，浸泡在水里碧绿清爽，茶香轻飏。明人刚轻轻啜了一口，就传来细弱的叩门声，D君说了声请进，一个优雅美丽的女子推门而入，细腰轻摆，缓步走到D的身前，给他递上了一只文件夹："D总，有个急件请您看一下。"明人察觉到D君笑眯眯地瞥了那女子一眼，迅速浏览了文件，签了几个字，把文件夹递还给了那女子。他向明人介绍说："我助理，小刘，上外高材生。"女子朝明人微笑致礼，想要退出。D君说："你也坐一会吧，陪我们这位大名人喝茶聊聊。"女子依然一脸优雅，说："不了，D总，我有文件要处理，就先出去了。"说完，退后一步，转身离开了。D君注视着她的倩影，眼里充满柔情。这钻石王老五恐怕落入情网了。

不久，又有人来敲门，也是一位漂亮的妹子。D君说这是我们办公室主任。又向这漂亮妹子说："明人是我最好的朋友。"那女子对明人热情地迎上去，伸出了小手。又对D君报告说："你安排的那一拨客人已经走了。他们一定要见你，说他们报价已低了两成，被我轰出去了。"D君脸色有点变了："他们被你，轰出去了？"妹子说："是呀。"妹子又急急说道："他们说话太过了……""他们怎么说？""他们说我们这么不起眼的公司，还有我这样漂亮的，不如随他们……我一气之下轰了他们，你，你怪我？"妹子眼泪都在眼眶打转了。

D君把妹子打发走后，重重地叹了一口气。

他问明人："你看我这两个美人，那助理我真喜欢她，而那主任也是不错，我该怎么选择？"

明人对她们两人都是初次一见，不敢妄下定论，更不敢代他选择。他只笑着说："那个主任比助理更在乎你。"

"何以见得？"

"直觉。看谁更在乎你的声誉，还有在乎你的朋友……"明人说。

D君茫然若失："你看得真准，主任在追我，我在追助理，都无实质进展……"

笑与哭

明人第一次见到她时，她笑得很灿烂。

明人记住了她的笑，他想拥有这样笑的人，也许是幸福的。

但是他又莫名其妙地想到，这样的笑，她又能拥有多久呢？他乍一想，就为自己的闪念而自责起来：怎么这样去卜测人家呢，有点不怀好意呀！

明人第二次见到她时，她已判若两人，她神情黯淡，眼皮浮肿。明人的心又莫名其妙地咯噔了一下。这女人哭过！那样落寞甚或有些悲凄的神情，也让明人记住了。

两年之后，有一次明人坐高铁到一个城市出差，邻座竟然是她！

本来有点面熟，加之漫漫长途，两人便攀谈起来，渐趋深入。明人直言不讳地提到了自己的疑问：关于笑与哭。

女人也毫无遮掩，竹筒子倒豆，说了她和一个男人的故事。

故事本身并不出奇，就是她与他在某一个酒吧相遇，之后他们开始约会，最后他们恋爱了。

她说他打动她的，是他的笑。他会说，他也能唱歌，他让她常常开怀大笑。她忘记了生活中的诸多烦恼，她那时正处于情绪的低谷，邂逅他，她没理由不接纳他。

那一阵子，她是快乐的。

但不久那男人让她痛哭了一场。她偶尔一次去他单位看他。他正旁若无人地和一位妙龄女子紧挨着，笑谈着，完全是亲密无间。

她忘记了，原来他的言语，他的歌，还有他的笑，也是能引燃别的女人笑的！何况他就是从事着娱乐他人的工作！

她恼了，没给男人和那个女人好话和好脸色。那个男人也恼了，摔了一句重话给了她，这是从未有过的，她像被一下子扔进了冰窖！

她哭了，哭得撕心裂肺。那个男人也曾用他的笑，他的言语，他的歌，来安慰她。她却明白了：他，原来她心中的他，已回不来了。

他们分手了。她难受过，但很快就平复了。因为她又遇到了另一个他。

他真性情，也很儒雅，很稳重，待她如世上的至宝一样呵护，无微不至。他离异过，所以他更加懂得。

她笑着告诉明人，那男人爱上她后，常常为思念她而哭。她听到过他的哭声，她情不自禁，也跟着哭了。她说，这样的哭，真是令人撼动。

他们相爱了，他们从此没再哭过，相互厮守，相互依赖，生活充满了笑声。

她说完，又咯咯咯地笑了。明人想，这样笑的人是真幸福的，这幸福也是靠谱的。

甩不掉的老情人

这天都快子夜了，明人已经进入梦乡，床柜上的手机抽搐起来，把他惊醒了。

屏幕上显示的名字是刘青云，大学同窗，平常不太联系。这时候来电会有什么事呢？他按键接听，却是一个女声，听嗓音，应该不年轻了。语气有点气恼："你是明人吗？"他正寻思着这人是谁，耳畔却忽然变化为一连串的男人的吼叫声，之后没声了。对方把电话挂了？明人耐着性子等了一会儿，没见手机再有动静，便又躺下了。

不知过了多久，蒙眬中手机又抽搐起来，他又被惊醒。再次接听时，听到一男一女的吵嚷声，像是在抢手机，男的似乎就是刘青云，而女的则是刚才那个不年轻的声音。他听不清他们在争吵什么，隐约听到什么"甩不掉的老情人"的字眼。他"喂喂"了好几声，没得到他们回话，就干脆把它挂了。他可不想去听别人的墙脚。

这么一折腾，这一夜还真没睡踏实。那个"甩不掉的老情人"的语句，让他颇费猜测。毫无疑问，刘青云和一个女人发生了争吵，也毫无疑问，争吵的焦点，与"甩不掉的老情人"有关，但这究竟与自己有什么关系，他犯糊涂了。首先，那个女人的声音他是陌生的，他应该与她无涉，而刘青云也几年不见一次，他现在有什么情况他完全不知。那么这两次电话又意欲何为呢？或许是他们争吵时误碰的，可那女人分明已和自己通话了，电话就是打给自己的，这点应该确凿无疑。那么这到底是怎么回事呢，他们争吵要扯上自己，搅乱自己的清梦？他百思不得其解，这一夜，睡得迷迷瞪瞪的。

第二天他很早醒了，窗外还昏暗迷蒙。他想起那两个电话，一丝烦忧爬上心头。什么"甩不掉的老情人"，难道真和自己有关吗？他想起自己曾有过的种种交往，总担心会有什么事。人家说做贼心虚，可他从小就底气不足，不做贼也心虚。那时念小学，一位同学的手表被偷了，老师把全班同学留下，说要查出个究竟。他的心怦怦乱跳，好像是自己干了不干净的事。直到真正的贼亮相，他才吁了一口气。他后来一想，这种忐忑也不无原因，其实人置身这一环境中，总会感觉到一种不安，其他不说，试想，如果小偷为躲避搜查，悄悄把赃物塞在自己的课桌或书包里，在众目睽睽之下被查获，一时又怎么说得清呢？

所以，那两个电话把他搅得真的心烦意乱了。

这时，鼻孔下感觉到了异样：痒痒的、凉凉的、往下缓慢蠕动着，像是有一条软软的虫。快要在上唇跌落了。他连忙去找餐巾纸，却已扑空了，来不及了，他迅即抓起枕巾擦拭了一下。

后来，鼻涕虫又悄然蠕动了。他应付了好几次，又接连打了好几个喷嚏，才明白鼻炎又犯了。这两个月，犯了好多年的过敏性鼻炎忽然在不知不觉中消失了，他的床头柜上原先不断更新的餐巾纸也不放了。原本以为鼻炎终于远离自己了，谁知它说回就回了呢！

他忽然想起前几天老同学聚会，说到了鼻炎，刘青云也说自己想了很多招，打针、喷药、洗鼻、按摩、拔火罐，就是治不好这鼻炎，麻烦着呢。明人自己也有此经历，然而这两个月真是没犯，他有点意得志满地开腔了。刘青云却抢白说："这说不定哦。"明人当场玩笑似的回敬了一句："你当它是你甩不掉的老情人呀？"众人皆笑。刘青云还说了一句："你这比喻好呀！"

此刻他心里真咯噔了一下：难道刘青云真碰上了甩不掉的老情人？

谜底是在数日后的一天揭晓的。

那天，在一家餐厅撞上了刘青云，他身边还坐着一个半老徐娘。这不会真是他甩不掉的老情人？直觉她定是一个颇具醋劲的女人。他正思忖如何招呼，刘青云开门见山地介绍了，那是他太太。还笑着强调说是原版、正宗、唯一的哦。他太太笑了，啐了他一口："哼，你还想有第二个？！"一开口，明人就听出是那个打电话的女人。那女人也好坦率，寒暄几句就向明人道歉，说那天晚上吵了他。明人说："是呀，那天你们两口子什么事呀，搅得我一夜不得安宁。"

刘青云说："还不是你惹出来的！偏把过敏性鼻炎说成是甩不掉的老情人。那天我鼻炎犯了，随口说了这么一句，我这王母娘娘就穷追不舍，还想向你核实……"

他太太又啐他了，说："别出洋相了，你还配有情人，还甩不掉呢？！"

明人和刘青云都笑了。

第
四
辑

不仅是掌声

这个会议，时间并不冗长，内容也不枯燥，但参加完会议，明人感到心里很憋闷，与会者也暮气沉沉。

主持人，这一局之长，是明人二十年前的团校同学。明人也就不客气了："你们单位都是这么开会的吗？怎么开得挺压抑的。"

"哪里呀，你要我怎么开法，还想像当年你我从事共青团那会，办青春舞会一样地活泼呀？！"老同学振振有词，语调之中充满着善意的调侃。

"可，我就是感觉少了点什么？"明人说。但究竟真少了些什么，明人却说不明白。

那天，他陪着老同学又去列席了另一个兄弟单位的会议，一样的内容和会议议程，但会议气氛却完全不一般。

他思忖了好久，突然有了领悟。会后，他直言不讳地考问老同学："你发觉了什么？"

老同学显然也悟到了什么，有点不以为然地回答："不就是一点掌声吗？"兄弟单位的会议上，每人发言前后，大家都鼓掌一番，显得活跃了一些。

人家局长主持，谁发言，他都带头鼓掌，直至最后，会议结束语刚落地，会场掌声又自然响成一片，为会议做了最好的注脚。这再枯燥乏味的会，也会陡增生气呀！

明人想起那位老同学，从不鼓掌，只有轮到他自己最后讲话时，才带头鼓掌，掌声稀稀落落的。他也不介意，慢条斯理地讲完，也不见有掌声再次响起，他吝啬自己的掌声，别人回馈的自然也匮乏了。

老同学还在自我维护："不就是多了一点掌声，我要在乎的话，也很容易组织的。"

明人却一板一眼地说："不，不仅仅是少了掌声，而是少了掌声后面的真诚，热诚和激情！"

老同学忽然脸红了，面对当年的共青团战友，他一时哑口无言……

超　前

　　明人被老同学L君邀请一聚。又是电话又是短信的，明人难拂盛情，那天下了班就匆匆赶去了。

　　路堵迟到了。一到才发觉老同学都来了，好多还是毕业之后就没再碰面的。那种同窗情谊自然是乐融融的。席间笑声喧语，大家都为L君这么热络地组织频频敬酒致谢。忽然，服务员推车送来一个圆圆的大蛋糕，上面插着蜡烛，随即，音乐声欢快地响起。是祝贺生日歌。

　　是谁的生日呀！大家都在互相询问时，一个与L君平素就十分密切的同学揭秘了："L君再过十五天就生日了，为了大家团聚，L君就提前过了。"大家先是一愣，随即鼓起掌来，一起为L君唱起了生日快乐歌。

　　明人这时想起，L君历来具有"超前"意识。在学校读书那阵子，这种"超前"就很突出。比如最早就与邻班的女生恋爱了。毕业不久，就率先结婚生子了。比如毕业前一年，就与某声名卓著的设计院挂上钩了，也是班里第一位毕业后就如愿正式工作的。

工作之后，L君也是很快提职，又迅即跳槽，报考机关，现在虽官级居明人之下，可也已成为副处多年，是蛮有实权的机关要员了。他的"超前"意识与运动轨迹，也是让同学欣羡的。

明人于是笑问L君近日还有何"超前"行为，也让大家借鉴借鉴呀。那位老同学又用羡慕的口吻迫不及待地介绍："L君已买了四套房了，连给他儿子和未来孙子的婚房都准备好了。"大家啧啧赞叹，L君则笑而不答。那同学又补充道："L君连退休以后做什么都安排好了。"大家甚为好奇，都看着L君。

L君一笑："这不稀罕，已让人组建了一家公司，退休后自己干，好多人都这么做的。处长总有一天不能做的，人也总要退休的。"

大家愕然……

L君又笑："其实，更超前的是，我把百年之后的墓位也买好了，就那个著名的长青墓园。你们想想，现在已卖五万一个，我这处长有权不用，过期作废，呵呵，打了个对折。我们还都只有四十来岁，再过四十年，恐怕上百万都买不到了。那时年老体弱，又无权无职的，那就只能干瞪眼了。"

这才是真正的"超前"呀，明人与同学们被震撼了，好久说不上话来……

花　节

　　B市、C市都在举办花节。毗邻的A市市长坐不住了。四方游客都直奔B市C市了。客源就是税源，A市怎么可以坐以待毙。于是，A市长邀请了好多专家名人研讨策划，明人也有幸忝列其中。

　　A市的研讨主题毫不羞羞答答，专家名人的建议也直奔主题。有的人建议B市C市叫什么桃花节、梨花节，A市菜花更多，干脆就叫菜花节。春天菜花一片黄，那千亩万亩菜花盛开，该是何等壮观。只要再整合一下农田，拔掉几垄稻田，就水到渠成了。有人撇嘴，这也太没品味了。还是种些牡丹好，没听说过吗，百花丛中最鲜艳的就数牡丹哦，那牡丹雍容富贵，堪称花王，人见人爱，足见A市的高贵大度呀。城市富贵，就是一市之长富贵，高贵可是千金难买的呀。市长心花怒放。可边上有人嘟囔了一句："A市可一朵牡丹都不见呀。"市长听了直蹙眉。也有一位所谓花卉专家慢吞吞地说道："实际上，这A市不是有不少狗尾巴草吗，那开的花也很美呀。""可狗尾巴花总是太俗了吧。"市长诘问。专家则立即摇首："这大俗即为大雅。别致的名字，总是更令人耳目一新。"

"可这名字，也太……A市搞狗尾巴草花节，邀请人家也不好意思呀！"市长一捅破，大家捧腹大笑。

大半天过去，没有结果。倒是市长中午宴请时，明人插科打诨，想出一招：A市花的品种不少，就是不成规模，干脆就叫"花花节"吧，一定叫得出，打得响。本是席间酒话，倒引起一片喝彩，市长当场拍板："太好了，就这么定了！"搞得明人不知如何是好。

首届"花花节"开幕时，明人受邀，但绝不敢出席，借故推辞了。但见媒体上报道频频，好像挺热闹的。问秘书，是否知道详情。秘书说各地鲜花节网上都会自发评奖。他听说，A市的"花花节"还中了什么奖。明人惊讶："真的？"赶紧让秘书上网细查。终于搜到了，A市"花花节"得的是最差搞笑奖！明人晕了！

节日短信

　　手机来短信了，老同学发的，他是典型的王老五，他告诉明人一个好消息，说他今天结婚了，娶了一个大明星，让明人赶来参加婚礼。明人先惊后喜，这王老五总算加入围城，不容易，于是赶紧发了祝贺短信，还约另一位同学同去贺喜。那同学死活不相信，说昨天还与那王老五喝酒打牌一个通宵，从来也没听说这回事。正纳闷时，那同学提醒："今天4月1日，愚人节，是那小子在开玩笑！。"果然，是4月1日，明人被老同学开涮了。

　　某天，正主持会议，手机震动了，来短信了。明人一看，汗毛直竖："告诉你一件事，今天晚上，有一个白发老男人将半夜潜进你家孩子的房间，他将把准备了一年的东西，放在他的枕头边……"明人的表情变了，嗓音也变了。他借口上厕所，离开了会场。再仔细查看这条短信，是一位好朋友发来的，他祝明人和孩子圣诞快乐！呵呵，那老男人竟是圣诞老人呀！明人真是哭笑不得。

　　三月的那天，明人又收到一则短信："种瓜得瓜，种豆得豆。你去年此时播撒的种子，今年长得很好。"再定睛一看，是某孤儿院发来的。明人百思不得其解，自信做人从未这么做过孽呀。忽然感悟，今天是植树节，去年他带机关干部到隔壁孤儿院草坪上种植了一片小树林，原来是孤儿院报告生长的情况来啦！

春节上班没多久，一位熟人又发来短信："我刚才听说了你的绯闻，她说她与你在一起很快乐，你也喜欢她。她的名字叫袁潇杰。"他妈的谁胡说八道。明人气不打一处来。还什么杰的，敢情认都不认识这个人！打开冰箱，取过一罐冰啤，牛饮一般灌进肚里，瞥见了冷柜里的袋装汤圆，蓦地醒悟过来，袁潇杰，他妈的是元宵节呀！他大笑，随即把手机狠狠砸在了地板上。

机　关

　　明人和几位朋友品茗闲聊，都是曾在机关工作多年的，于是对机关开始了各种比喻式的描述。

　　A说："机关就是一个万花筒，我们以前经常把玩的。原理看似简单，但演绎的事物很复杂，真让人眼花缭乱。"

　　B说："机关是一孔长长的隧道，真是幽暗而绵长，只感觉很远处似乎有一缕光线，在导引，在召唤，很朦胧，却不知何处是尽头。"

　　C说："机关是一座学校，一座教育人，也消磨个性的学校。就笼而统之地叫做文明学校吧。刚进去时，谁都血气方刚，激情满怀，颇有指点江山，舍我其谁的豪气和冲劲。退休就是毕业了，就都成熟了，也懂得了什么是事业和人寰了。半途退出，算是退学，就未必如此了。"

　　D说："机关是一条大河，奔流不息，大浪必定淘沙，禁不住寂寞与考验的，也就被淘汰了。当然泥沙俱下，也在情理之中。"

　　E说："机关是中国最名副其实的古迹，比如故宫，比如颐和园。在里边行走观看，只能循规蹈矩，不能当它为武术场馆一般，跌打滚爬，乱冲乱撞。"

F说："机关里有深深的隐伏断层，这可是地震爆发损害最大的潜在源。如果谁碰上了，也只能自认倒霉。过些年就爆发·次，也算是一种历史的循环。"

…………

明人一直沉默不语。

众人的目光于是都投掷到他脸上。有尖刻，有期待，也有诘问。谁让明人是个老机关，现在级别还不低呢。明人于是说道："我进出机关也有三次了，很幸运，好比进出老虎洞，活得还蛮好，遍体无伤。"

"可你就没有其他什么感受吗"有人追问。

"……当然是有的。我发觉自己的眼睛，现在在白天视力不佳，近视、散光，还加了老花。可晚上摘了眼镜，垂下眼帘，眼睛却十分透亮，白天的一切清晰并且透明。"明人缓缓说道。

众人皆好奇，目光仍是一片探询。

"再有，就是，我虽遍体无伤，但心里却已存彷徨。"这句话已蹦到了舌尖，明人拥有的几十年机关经验忽然及时提醒了他，祸从口出，以讹传讹呀。他又迅即把它咽了回去，笑而不语了。

路遇疯疯癫癫的人

很久以前，明人学校毕业不久，还担任着团委书记一职。那时对生活的热爱，就像每天要创作几首诗歌一般，充满着激情。有天晚上，他和同学王在马路上散步，就见后面过来一个摇摇晃晃、疯疯癫癫的老男人，嘴里叽里咕噜的，也听不清说啥，但那目光瞅着他们，神情略带着一点求助的意味。明人看此人像是病了，赶紧想过去搀扶。同学王死命拽住了明人的手臂，并低声说道："别理他，千万别理他！"明人不解地望着同学王，疑惑间，那人已摇晃着走了过去，时不时还转过身来，仿佛还在期待他们的帮助。直到那身影渐渐远去，明人的手臂才感觉被拽得生疼生疼。他气恼地对同学王说："你为什么要拉着我？！"同学王很诚恳地告诉他："你不要上当了，这人一看就不是好东西，你真扶了他，帮了他，说不定就惹上了什么麻烦！"明人听着似乎有理，但毕竟没什么可以证明这一说的，心里头一直不踏实，他担心那老男人真是身体患了什么病，而自己未伸手相助，可能就让人家错过了治病的好时机，他的内疚感与日俱增。

很多年后，有天晚饭后，明人独自去散步，就看见前面有一个身影也在徐徐前行。那身影不用细看，就知道是一个具有魔鬼身材的女郎，娉娉婷婷，婀娜多姿，明人禁不住多瞥了几眼。他还下意识地加快了步伐，想赶超上去，再看看那张可以想见一定是十分俊俏的脸蛋。他离她几步远了，装着不经意的样子匆匆打量了一下。果然，是一个令人遐想的美女。他还来不及多想，那张动人的脸忽然大笑起来，那神情仿佛是受了什么刺激似的，十分兴奋，乃至可用癫狂来形容了，她旁若无人地大笑着。笑着笑着，竟站住了，弯下腰去，像是笑得都站不住了。有一刻，明人想走近她，问她究竟怎么了，可他终于还是站住了。很多年前那老男人的一幕又在脑海中闪过，同学王的话也忽然蹦了出来，他不由得站住了，眼看着那个女子渐渐平息了许多，自言自语着，又往前飘然而去。明人此时还不知究竟。

说来也巧，没几天，明人又在晚间快步健身时，撞见了一个怪异的男子，穿着是运动衣衫，走路却疯疯癫癫的，边走边扭着身子。好像嘴里还在叽里咕噜。他想，自己又碰上怪物了。忽然感觉那人挺眼熟，夜色朦胧中再定睛一看，竟然是一位领导。他愣在那儿，真不知如何是好时，那领导也发觉了他，主动向他招了招手。明人惶惑之际，那领导已走近了他，摘下了耳机，套住了明人的双耳。急骤的摇滚乐在耳畔响起，明人凝神听了一会儿，禁不住也想扭起身子了……

之后，明人发觉戴着耳机听歌或者打电话的，路上随处可见，如果不注意，还真以为他们是疯了。

名　片

　　这是明人听来的故事。

　　东村镇农民企业家刘二狗又进京了。这回他发了个毒誓：不拿到首长的名片，他刘二狗就改姓！

　　这事还得从刘二狗第一次进京说起。那是五年前了，刘二狗被县上推荐到了北京领奖。二狗嘴笨人勤快，这几年玉米买卖做得好，成了县上的名人了。这第一次得奖，说是从本省上调的中央首长亲自接见了二狗，还颁了奖。二狗喜不自禁，嘴舌一下子就灵巧了，逢人就说。后来第二、第三次他又去领奖了，回来又是这一番说法。有人就冷言冷语了："你说你见那大首长了，怎么也不见人家给你什么名片呀？"二狗听了一愣，这还真是的，怎么就没见首长赐自己一张名片呢？见到首长时，自己每次都是递了名片的，首长还朗声念了他的名字，随手将名片给了身边的秘书。首长怎么就没想到回他一张呢？

　　二狗想不明白，这首长是不是看不起他？不愿与他交往，自然也不愿给他名片。他心情失落了。

一连好久，提不起精神来。

这回进京，首长一定还会接见农民企业家的。他无论如何要向首长讨一张名片。这是他的最现实的梦，比那些奖牌证书还重要，否则无法向父老乡亲交代。

果然，首长接见了他们，自然也接见了他二狗。

二狗又递上自己的名片，首长接过，笑说认识认识。二狗脸上堆着笑，右手掌心向上，像在期待什么，又说不出口。首长像是没看见，请他们农民企业们一一落座，嘘寒问暖起来。二狗心不在焉，几次想开口，乞求一张名片，最后还是没敢说出口。二狗又笨嘴笨舌了。

告辞时，二狗抓住首长的手，终于说出了一个词："名，名片。"首长像是没听明白，握了握他的手，说："好好干呀！再见。"

二狗懵懵懂懂地返回宾馆，一头栽在了床上，病恹恹的，不吃不喝，目光呆滞。

第三天，秘书受首长委托来探望他，他激动了。

又说出了心中的那个愿望："能，给我一张名片吗？首长的。"

秘书很年轻，也很爽快："好呀，这就给你。"他从自己兜里掏出一叠名片，给了二狗一张。

二狗慌忙接过，反复观看，双手摩挲。真有点不敢相信这是真的。名片上只有首长的姓名，龙飞凤舞，顶天立地。

二狗手微颤，脸抽搐，随即，涕泪滂沱，大哭起来。

你早就应该提了

领导甲见到明人，就拍着明人的臂膀，很真诚地说："你真的劳苦功高，在这艰苦的岗位上坚持了这么多年，不容易呀。你早就应该提了，我在有关会上也提过好多次呢！"明人听了心里热乎乎的，就握着领导的手，不停地摇晃，像握着伯乐的手，表达自己的感激之情。

领导乙遇到明人，也把明人亲切地拽到一旁，咬着他耳朵说："你真不简单，干了好多年了，干得很不错的，我们都在呼吁呀，你早就应该提了，早就应该提了。"明人也很感动，眼眶也有些潮湿，他在领导乙的拥抱中，差点哽咽。

领导丙与明人等几位同行聚会。席间，明人主动向领导丙敬酒，领导丙很热情地回应，还与明人说道，明人人品好，能做事，早就应该提了。明人一激动，赶紧又仰脖喝尽了一杯，借着酒劲，向领导丙连声道谢。领导丙也连声称道，"好样的好样的"。明人感觉与领导丙的心靠得很近很近。

领导丁与明人是在一报告会时坐到一块的。会议开始不久，领导丁打了一个哈欠，似乎感觉幅度太大，赶紧用手背遮住了半个脸庞。他随即与明人攀谈："明人是个年轻老干部了，能力似乎也有目共睹，早就应该提了，真的早该提了。"明人受宠若惊，紧挨着领导丁的臂膀。他热血沸腾，甚至有点结结巴巴："不敢，不敢，应该，应该，是我应该做的。"此后，他对领导丁也顿生好感，真是一个平易近人的好领导呀！

这样的情况后来还经常碰到，领导甲、领导乙、领导丙、领导丁……只要与明人闲聊，必定都会对明人如此称道，如此反复，明人则感激涕零，干活像牛像马，冲锋如董存瑞、黄继光，从不叫苦，从不叫累。对领导甲、领导乙、领导丙、领导丁……他也经常赞赏有加，评价很高。

日复一日，年复一年。好多年过去了，领导甲、领导乙、领导丙、领导丁……都纷纷提任了，高就了，远去了。明人岗位一动不动，不见有任何提升乃至平移的迹象。

明人惋惜这些领导都离他远去，明人又碰到了领导O、领导P、领导Q、领导R、领导S……他们也是一个劲地对明人说："你早就该提了。"明人依然甚为感动，又眼睁睁着这些领导一一栖上了更高的枝叶，离自己愈来愈远了。

明人明白了，那些领导是鲲鹏，是大雁，是海鸥，而自己就是那棵树，那块礁石，那个土堆……

善　恶

一伙朋友吃饭又瞎扯开了。主题渐渐明晰起来，一个善人与一个恶人，在这个时代谁更占便宜，大伙儿都沉思有顷。

一个大学教师"为人师表"就先说了："我看是恶人得益，上次职称评定，就一个教授名额，本来两个副教授不分上下，学校原本要召集有关人员无记名投票确定的。可一个副教授就吵到校长那了，说是若自己被拉下来，也不会让校长日子好过。校长也正面临提升可能，欺软怕硬，也就找了些理由，把另一位拉了下来。另一位至今不知是什么原因呢，还以为是名额有限，投票决定的呢！"

一个在商海扑腾的朋友接过话头："我赞成。现在恶人确实得益。他们懂得厚黑学，找领导，找朋友，还使阴招。我认识一个商人，就很歹毒，谁跟他抢市场，他先是小恩小惠笼络人，不行就放出话来，恐吓人家。我们做生意还不都想求个太平，惹不起躲得起呀！"

挨到明人了，明人还真不知怎么说好。这些年官场跌打滚爬，也碰上不少恶人小人之辈，吃过亏，虽无伤疤，但时不时心还隐隐作痛。那些人得志更猖狂，说了也白说。明人转问坐在一旁的Z君，这可是70后的小字辈，现官职已超明人了。他应该有更精彩的说法。

那Z君其貌不扬，但面貌和善，谈吐一点不俗："这么说吧，你们认为如果在唐僧、悟空、沙和尚和猪八戒中挑一个做领导的，你们会怎样选择。"

大伙儿一阵思维的碰撞，都作了一回西游道上的组织部长。可结果相差蛮大。于是目光又转向Z君。

Z君说道："这四人都不合适。"停顿了一会，又说，"他们四个各有特点，唐僧善，悟空狠，沙和尚忠，猪八戒傻。现在都行不通了。"

那领导怎么产生呢？大家笑问。

Z君胸有成竹："能把他们的特点结合在一起的，就可担当重任。"

大家似有所悟，还想问个究竟。Z君已笑而不答了。一切只可意会，不可言传了。

有朋友对明人咬耳朵：Z君对他说过，做官面要善，但心要狠，需要时应该无所不用，该出手时就出手，这才是成功之道。

明人愕然……

万能民工

明人今天十分高兴。表彰大会座无虚席，气氛热烈。大领导始终笑意盈盈，临别时还夸奖明人组织得好，很有气势。明人舒了一口气。如今这样枯燥乏味的千人大会，经常会乱糟糟的，下边的人稀稀落落，会开到一半已所剩无几，上边的人也看着不舒坦，难免尴尬。这一次会场几乎没什么迟到早退的，掌声还蛮热烈的，明人就有些激动，他要好好表扬办公室主任几句。

刚出会场，还来不及开口，就看见门口一大批人拥堵着，一看便知是上访群体。一问保安，说是某居住小区反对附近建变电站，之前就来过几次，不过今天人员甚众，黑压压一大片，阵势不小。这事搅得这么多人人心不安，明人就有些责怪电力部门了。这时，保安队长向明人咬耳朵："别搭理他们，这里面只有几个是小区居民，绝大多数人都是他们在附近工地招来的，是临时摇旗呐喊，以助声威的。"明人摇头，这种招式居然也用了，我们民工兄弟真是万能呀。前些日子，一个楼盘预售，为避免团购和哄抢，开发商特意规定每个人只能领一个号，购一套房。没想到，预售那天，依然人山人海，很多排队者从凌晨就开始行动了，真让明人他们惊叹。更令人惊叹的是，有人爆料："这大部分购房者是属于一个炒房高手临时雇的，身份竟然全部都是民工，一人领到一个号，可获100元。"明人感叹："这些民工也真是呀！怎么什么钱都去赚呀。"

明人刚感叹了两句，办公室主任却又递上一纸公文："领导，还得请你签字，刚才参加会议的800人，得每人要付50元。"

"什么，开会还要付费？"

"哦，那800人，是我们从几个工地借来的民工，说好的，自始至终参加，每人发50元的。"主任连忙解释。

啊？呵呵，难怪呀，难怪。我们的民工，我们的万能民工呀！

我认识你领导

　　老同学约明人晚上一聚。知道明人最烦应酬，还特地告诉明人："放心，没你的同行，都是一些圈外的好朋友。"明人去了，确实是些陌生的朋友。老同学逐一介绍，这是某大学教授，那是研究所的专家，还有时尚界的成功人士。见到一位国企高管，明人随口说了一句："大企业呀，我认识你的领导。"对方是一个斯斯文文的小伙子，握着明人的手有些怯意，那笑容也略显尴尬："哦，哦。"吐出这两个字，就坐下了，之后一直不吭声，仿佛明人触碰了他的软肋似的。明人没太在意，都是新朋友，何必计较。

　　又一次私人聚会，明人应邀参加了。八小时之外嘛，难得轻松，又有一些陌生朋友，好在也都是圈外人，明人也无所顾忌，唱得挺尽兴，还即兴清唱了两首流行歌曲。掌声之后，一个矮个子男人向明人敬酒，脸上还带着蛮真诚的笑意。敬酒，扬脖，把酒都喝了，临了，也很自然地告诉明人："我认识你领导。"明人刚要把干了杯的酒灌下肚去，忽然就凝住似的，感觉不太自在。什么意思，认识我领导，那我算什么呢？虽事后想想，有些小心眼，但想到那人的带有炫耀性质，甚或居高临下的吐露，明人真的很不舒服。

这样的场合后来又经历过几次，明人才明白，说这话的人真多，也太无聊。以前自己也这么说过，难怪人家也晴转多云，不理不睬，很不自在。明人与熟识的朋友交流，也提及了这一感触，大家都觉得这话此时道出，真会让人尴尬的。明人发誓再不能这么谈吐了。

某次，又与一批朋友用餐，一位与明人关系亲密的仁兄，开口闭口就对邻桌刚认识的一位朋友说："我认识你领导。"明人于是拽了一下仁兄，低声说道："何必这么抬举自己呢，这样既会影响大家快乐的情绪，也会让人生出隔阂，产生误解的。"仁兄恍然大悟，也与明人咬耳朵，自己还真没意识到这一点。他缄默了，明人心里倒感觉沉甸甸的。

不久后的一次公务活动，共有几十桌，宴会厅也富丽堂皇，有几位主办方的领导逐一敬酒。到了明人这桌，那主办方的负责人当着一桌人面，对明人说："我认识你领导的。"明人一惊，好在久在沙场，此类遭遇也经历过，故相当镇定，更无显露不悦之色，在众目睽睽之下，他端着酒杯笑曰："是吗，是某某领导吗？"那人摇首说不是。"那是某某市长吧？"那人还说不是。明人一连串吐了好几个名字，那人的脑袋还是拨浪鼓似的。这下，明人还真有点怵了。他疑惑地望着那人。那人倒也不急不缓："我认识你太太呀！那不是你领导吗。"明人如梦初醒，他与来敬者喝了个满杯，之后，自嘲地撇撇嘴……

住院观察

明人病了，先是伤风感冒，清涕像汽车漏油似的，咳嗽如马达轰鸣。再后来体温上升，血压上升，浑身酥软。他知道硬挺不行，还是到医院打点滴吧。

医院热情，院长、医生都留明人住院观察，一则在外休息不好，病好不透；二来，有些指标还要化验观察，查得透些。明人拗不过，也觉得自己确实身心俱累，还是调整几天再说。把工作交付了，再三叮嘱部下勿告他人，也安心检查治疗起来。

当天下午烧未退，血压还不稳定，明人睡意蒙眬间，一位领导就带着一位局长赶来看望。领导是很真心的。她说，得知明人病了，一定要来看看，她感谢明人对她的工作十分支持。她说："明人你是太累了，这次病了，就一定要好好休息，好好养病，别急着出去。"又说，"你要听老大姐的，要爱惜身体。"她说得明人深为感动，克制着才没掉下眼泪。明人想，这领导真是够讲情义的，平常替她挡了不少事，这值，以后，还得玩命儿干。

刚握手告别，又有领导来了，是顶头上司，还把医院值班医生叫了来，听了病情，叮嘱明人好好休息，说工作是做不完的，今天不行还有明天呢！休息几天不打紧。说得很平淡，明人却很内疚，事这么多，自己却休息着，还麻烦领导来看望，耽误领导时间，还耽误工作。握着领导的手，明人心里不太好受。

　　大领导是第三天上午来的。明人之前闻讯，赶紧让捎话去，领导的关心心已领了，就别特地来医院了，小毛小病，自己已好多了。千万别劳领导大驾。

　　领导也捎话来，说别客气，马上就来了。大领导一到，医院院长也立马闻讯赶来了。领导呆得不长，但明人更坐立不安了，一迭连声地向领导致歉，自己耽误了工作，还劳领导担心，真过意不去。他说想坐起身子，被领导按下了："你躺下你躺下，调整好休息好。"大领导一走，明人魂不守舍了。他又接到短信，说还有几位领导也要来看他，还有手下的一批人，也都要来。

　　他等打好点滴，就赶紧离开了医院。翌日，就在办公室露了脸。虽然，清涕还在奔驰，咳嗽还在"轰鸣"，全身酸疼，血压仍不稳定。他也不愿住医院观察了，他不想住院观察别人，也不愿领导、大伙儿都对他进行"观察"了。

　　这观察伤人呀！

安全带

人有时还是要自己保持尊严的。若自己看轻自己，低声下气的，恐怕命也会断送。

说此话的是明人，而明人是有感而发。给他这一感慨的是一位老师。

老师姓培，是男性，可不够有男子气。先说两个小细节。一是怕老婆，一个电话打来，他在办公室没犯什么错，也有一点紧张，说话都结巴。原来太太让他少抽烟甚至戒烟，他手里头正夹着一支烟，仿佛电话那头的老婆已嗅出烟味了。他经常自己卷烟抽，收集自己抽剩下的香烟屁股，搞了一个卷烟器，每天抽空卷上数根，放在烟盒里，人称培烟。

这位培姓老师不坏，可爱占点便宜，因此也降低了自己身份。

当时一个处级学校，就一辆小车，原是上海牌的，后来更新为桑塔纳了。这辆车校长、书记要坐，学校的中层干部、老教师外出也想坐，还得迎来送往，照顾上级贵宾、客人，也挺够忙的，培老师是一般老师，但外出也想蹭车，舒服，而且还显摆。

开车的是原来学校的一位被征地农民工。说话粗声粗气，人长得也粗。这天，总算培老师第一次被安排用车了，很高兴，坐到小车副座上，就拿着"培烟"向司机献媚。司机也不理他，忙着启动车辆。发觉警示灯在闪，便扔他一句话："快戴上安全带。"培老师大概没听见，什么："安，安全，套……"司机又朝他吼了他一下："安全带！""哦，哦。"培老师才醒悟过来，拿着座位上的安全带扣上了。

一路上，车很闷热，司机也不搭理培老师，培老师则有些战战兢兢。开出好远了，培老师忽然对司机说了一句话，声音也有点走调了："师，师傅，这安全带，怎么，这么，憋人……""什么？"司机没听懂，再一看，他真大吼起来："你找死呀，怎么这么带的！"原来，这培老师，把安全带就直接扣在自己脖子上了。他就这么憋了一路！

听　话

两位各方面都不赖的小伙，局长都很倚重。要从中挑选一位做秘书，局长一时难以定夺。他于是找好朋友明人帮忙。

明人说："明天不是有一个小聚吗，你干脆把他们俩一块带来得了。"

翌日傍晚，几位朋友在汇龙阁小酌。两位小伙子，斌与强也按时参加。

刚开宴，就发生了不愉快的事。一个服务员把汤汁溅在了局长的身上。服务员不仅不道歉，还责怪局长突然起身，差点没把汤锅都掀翻了。

局长勃然大怒了，平常亲切随和的人，这时候又吹胡子又瞪眼，指着服务员痛骂，还叫嚷着要打电话给他们老总，非炒了他不可。汇龙阁也是他们局管辖范围的。

明人使了使眼色给斌与强。斌忙站起身，指着服务员也是破口大骂，吐出的话比局长有过之无不及，那种为局长两肋插刀的义气，溢于言表。而强在一旁不吭声，还把局长劝回座位，为局长擦拭着衣裳上的汤汁。局长推开了他，说："你给我马上打电话给他们老总，让他马上开除这家伙。"

强还在犹豫间，斌已抢先拨打了电话。电话通了，斌自报家门，就把事情原委简单叙述了，并说局长明令要他开除这个服务员。没想到，对方在电话那头唠叨了半天，斌的脸红一阵白一阵的，最后气急败坏，对老总也开骂了。

局长见状，让强立即拨打税务所的电话，说要他马上到汇龙阁查账，他不出这口气，绝不罢休。这个老总也真是反了。

强瞧这架势，赶紧拨打了电话。拨了几次都没拨通。他对局长说："局长放心，我会落实好的。"

明人劝局长消消气，又让服务员向局长赔个不是。服务员也很听明人的话，向局长深深地鞠了一躬，真诚地道了歉。他还当场表示所有的责任他来承担，局长的衣服由他负责送洗衣店清洗。局长似乎释然了。大家又渐渐回归到推杯换盏的气氛中了。

两位听话的小伙子，也给明人留下了深刻的印象。

这一晚最后的结局是，税务所长真来了，不过，他是应明人之邀来赴宴的，是明人早就通知的。所长的手机在明人手上，开着，一直没响过。

强有点尴尬。他解释说，是怕打通了电话，太损局长的形象了，才故意说拨不通的。

斌一脸欣喜。要说听话，还是斌比强更听话。

汇龙阁老总和那个闯祸的服务员，最后竟然也来了，原来他们都是明人这出戏的演员。

几天之后，强走马上任了。

177

思　路

　　朋友A君新任某市一把手。第一次"诸葛会议"，就是把各地专家请来，对城市总体规划进行讨论修编。明人也在受邀之列。

　　说实话，这个地级市的规划修改，近十年内已讨论了不下四次。每一次，都是随着新的一把手的到任，展开序幕的。每一次，新任一把手总要提出一些自己的主见，要把规划颠来倒去的。前两次倒还货真价实改了不少东西，着实完善了许多。近两次，明人就发觉有些折腾了，最典型的是行政办公中心的选址，已翻来覆去地变动了多次。而每一次，一把手都能说出个子丑寅卯来，让大家不由得不叹服。

　　比如A君的前任就提出把行政办公中心的选址，从新城改至老城区，他说这有助于加快老城区的改造，可以吸引更多开发企业在此砸下巨资。老城区改造本就步履维艰，这一招不失为实招。

　　然而选址调整了，办公中心的开工信息却只闻雷声，不见雨滴。直至A君上任，还毫无动静。

　　A君的诸葛会上，挨着A君的明人与他咬了咬耳朵，建议他规划不动，立马落实项目开工，这样更能赢得民心。比如行政办公中心可以先行启动，A君抿嘴一笑，微微点头。建议被采纳，明人也自然心悦。

果然，A君总结时断然决策："这规划方案几经修改，愈趋成熟。我们应该求真务实，真抓实干，有几个项目必须启动，马上开工，立见成效。行政办公中心也得做好方案，设计成精品。不过，"他沉吟了一下，说，"行政办公中心的选址还得改改，可以放到开发区。开发区的建设和发展是我们当前的重中之重"。

底下有人鼓掌。一个专家当场赞美道："这个主意好，可以带动开发区建设。"

明人坐不住了，但在会上又不便说，以免A君下不了台。维护一把手的面子，是官场的一大原则。

但会议一结束，明人就追到A君办公室了。他责怪A君，这个选址的调整无异于一场折腾。

A君哈哈大笑起来。他与明人是无话不说的好朋友。他说："你当我傻呀，我会不知道呀，这一调整，一年半载项目动不了工了。你看看前几任谁真正想让它上马了？中央三令五申不得新建楼堂馆所，谁让行政办公中心上马，谁上下吃力不讨好呀。况且，我们这一层干部光实干又有何用？我在L县狠抓项目，干得精疲力尽的，都说我实干，九年没挪窝。我的前几任，短则仅八个月，长则不到三年，活没干多少，但都被说成很有思路，很快得以提升。"

"这行政办公中心的选址，是最见思路的呀。"

明人忽然也思路洞开了。

手机是个问题

K市政府部门开会，手机是断不能响的，自然更不可在会场上接听。违规的，手机被当场没收。新任一把手到任后，又愈发严厉，手机信息都不许看，只能关机，揣兜里。因此，K市的会风就十分井然。

不过，参会者也多有不便。官场上会议本来就多，从早到晚的会议，手机都无法使用，很多公事私事，就不太好及时处理，也挺麻烦。

明人一位同事G君，手机早用惯了，都有点手机强迫症了，一下子进入这一氛围，极不适应。手机不能在会场上看，他就借尿尿之名，时不时溜到走道和厕所，瞅瞅信息，或者打打手机。这也是没办法的办法。幸好K市没规定会间如厕也不得用手机，要不，早把他憋死了。

但出入频频，时间长了，一把手也察觉了，便冷嘲热讽地对G说："你怎么这么多尿，不会身体欠佳吧？"

G君一下子通红了脸，自我解嘲道："茶水喝多了，再加上可能肾虚了，呵呵。"

一把手也咄咄逼人："那你到医院去查查，该补什么补什么，别小洞不补，成大洞了。"

大庭广众，众目睽睽，G君各种流汗了。他不是肾虚，是心虚了。

之后，G君有所收敛，但好不了两天，他又坐不住了。揣在口袋里的手机，像揣着的一颗定时炸弹，他无法镇定自若。他又恢复了频频解手的方法，不过，为怕一把手责难，他每次上厕所，不管膀胱还有没有储存，他都真枪实干，有时候半天挤不出几滴，也得站上一会。这本来就是装装样子的。

就当他真是肾虚肾亏也罢。

坐老板凳六七年了，总算传来信息，G君可能提一提了。上边的考察组也来了。然而，过了一阵就又悄无声息了。

G君不解。

有好事者咬他耳朵，说是都在说他身体不好，有的重担他恐怕难以胜任。G君恼了，说谁这么缺德，如此损他。他心里极其憋闷，终于没憋住，当晚闯了一把手的家，竹筒倒豆，倾诉了一番。

倒是一把手沉得住气，在他说完后，缓缓地说："谁也没先说你有病，是你自己在会上说的。不过，我觉得你的身体应该不是问题，但手机是个问题。你这么一个级别的干部，开个会，怎么只想着手机呢？"

"大家都有说法呀。"一把手最后意味深长地说道。

G君哑言了：因为此时，手机偏偏不合时宜地响铃了，是《因为爱情》的乐曲……

鱼得水

　　明人的老同事于德绥这阵子还是饭局不断，明人约他喝茶一聊，直至春节长假的某个下午才如愿。这小子身为一处之长，又是聪明之人，外号"鱼得水"，"八项规定"他竟敢置若罔闻？

　　见了面，明人就开门见山，咄咄逼问了。

　　鱼得水也不恼，不急不缓地反问明人："你是怎么处理的呢？"

　　"我怎么处理？我早就推掉外边的饭局了，省下时间正好健身，体重都减十来斤了。"明人说。

　　"八项规定不让吃饭了吗？"鱼得水又问道，神情坏坏的。

　　"可是也不能乱吃呀！"明人道。

　　"我可没乱吃。有些饭局你不参加，就会失去很多，失去信息，失去沟通，失去领导，也失去群众，最终失去仕途……这你懂呀！"鱼得水感叹。

　　"所以你就叫鱼得水嘛！"

　　鱼得水呵呵一笑，说："我告诉你，我吃前必有'三问'。"

"'三问'？"明人甚感好奇。

"是呀，你听我说下去。一问谁买单。如果是政府部门，包括街镇买单，是断不能参加的。公款吃喝，顶风作案。有一回，吃到差不多了，一个部门办公室主任抢先买单了，我让一个民营老板立即把单抢了过来。二问在哪吃。五星级酒店，富人、官员扎堆的地方是不去的，后来还加上私人会所。三问都有哪些人参加。人多嘴杂，参差不齐，会惹事。还有那些老玩手机的，时不时来个微博、微信现场直播的，把吃饭情景都记录无遗，不是害人害己吗？"

"老兄，你真是如鱼得水呀，难怪那边查得紧，你这边依然风平浪静。"明人笑说。

"全国都处理了三万多人，小心驶得万年船啊！"

"不过，你天天这么吃，还是像在走钢丝。"明人为老同事担忧。

"没关系的。我想这'八项规定'的紧箍咒，早晚是要放松的。"鱼得水充满自信地说。

也就是春节上班的第一天，鱼得水被查了，说是小年夜他参加了一家民企老板的吃请，还拿了礼品。最后买单的是老板的弟弟，他在开发区管委会工作，用的是公款。是上边暗查时发现的。

这老板兄弟是竭泽而渔呀！这鱼得水呀！明人暗暗叹了一口气。

饭 局

春节前，明人约几位发小一聚，订的是家门口的一家饭店，价位不高不低，生意还蛮兴隆。

明人先到饭店，大堂里在办婚宴，挺热闹。明人订的是包房，也就显得闹中取静了。

人到齐快开席了，忽然谢兄的大嗓门响起来了："你们玩手机的千万别拍照，别录像。"他说得格外严肃。

"有这么严重吗？"有人说道。

"你们真别大意。我们一位处长元旦在外吃饭，饭桌上有人晒微博，拍的是桌上的菜，但把他的头像和面前的茅台酒瓶也带进去了。照片不知怎么就传到网上去了。被上边查了，饭钱全部退出不说，还背了一个处分回去，这些日子蔫蔫的，谁再叫他出来吃饭，他就骂人！"

谢兄也是机关的一位处长，这样的提醒是有效果的。果然，大家自觉将手机揣入衣袋或置放于一旁，不再随意拨弄了。

刚喝了两杯酒，正为大家逐个倒酒的刘金也突然面露紧张，原来女服务员在拨弄手机。服务员连忙解释，她在回复一个微信，没有拍照。刘金毫不客气地对她说："如果你再要动手机，就请到外面去，打好了再来。"女服务员不好意思了，说："那我出去回吧。"

服务员一出门，有人就说刘金是否太敏感，太冒失了。刘金说他吃过亏。半年前和同事吃饭，饭后，一个外地民工打来电话威胁，说有他们公款吃喝的照片，要求刘金他们付他1000元，否则……

刘金和同事想了想，估计是那家饭店的服务员偷偷拍了照，虽然也没吃多少钱，但他们在法院工作，还是息事宁人为好，便按要求打了钱过去。

有人说："你这不是扔冤枉钱嘛！"

刘金则说："花钱消灾，也免得麻烦呀！"

座中大部分都在公家干活。这顿饭气氛就有点怪。虽然明人再三强调，今天是私人聚会，由他个人掏腰包买单，但大家还是有些拘谨。

酒过三巡。明人放在外衣口袋里的手机响了，他转身去衣架上取。忽然听到有人叫了一声："有人录像！"背后骤然一阵骚动，他再转身一瞧，目瞪口呆。谢兄狼狈地钻进了桌底，刘金迅雷不及掩耳地逃进了厕所。还有几位，要么用手遮住了自己的脸面，要么伏下了脑袋，双臂挡住了脑。场面一片混乱。明人再抬头，发现包房门开着，外面大堂有人高举着摄像机……

门内侧，服务员托着菜盘愣在那儿。

明人走出去，大堂正是婚礼高潮。那摄影师正聚精会神地拍摄着婚礼场面，压根儿不知道自己吓着了哪些人……

你穿错了谁的鞋

办公室陆主任这一整天都惶惶然，丢了魂似的。他打明人电话时，说话也是舌头打了结似的，像有人拿枪顶着他脑门。

明人说："你急什么呀，出了什么事，这么紧张？！"

陆主任结结巴巴地说："真，真，出了，出了大事了！"

"什么大事！不会是你贪污受贿，或者闹出什么绯闻了吧？呵呵，瞧你这熊样，谅你也没这胆量！"明人调侃他，因为他知道陆主任从来谨小慎微，不会出这种事的。

"这，这，这也是大事呀！"被明人一逗，陆主任在那一头略显得放松了些。

"那快说呀，别吞吞吐吐的。"明人催促道。

"我，我，穿，穿错，穿错鞋了。"陆主任终于说出了事由，虽然颇为艰难。

明人倒笑了："你又不是穿错人家裤子，穿错鞋有什么关系呢？"

"不是，你不知道，这是谁的鞋。"话一说开，陆主任倒挺顺溜了。

"是谁的？"明人纳闷。

"是刘市长的，我他妈的这回栽了！"陆主任那边又犯急了。

"刘市长的？"明人问。

陆主任叹了一口气，叙述道，上午他随刘市长一行看望老领导。老领导家收拾得挺干净，他们在门口都自觉脱了鞋，换上了拖鞋。估摸着快结束了，陆主任提前出门引路，当时门口横陈着一大堆鞋，他匆忙套了一双带绳的黑色皮鞋。没想到，一回家，老婆就发现了异样，问他是不是又买新鞋了。他矢口否认，再仔细一看，脚上这双鞋虽然式样色泽都与自己的那双相近，但明显穿着更舒服，也更显气派。显然，自己是穿错鞋了。

他赶紧打电话给随行的老领导秘书小张，问当时有没有谁找不着鞋的。小张回忆说，好像是刘市长低头找寻了一会儿，后来也没说什么，穿上鞋走了。

穿错的是刘市长的鞋？他头炸开了，立马惊慌失措起来。

"那么赶快去换呀！"明人说。

"我怕，怕刘市长生气，你知道他脾气。"陆主任直言自己的担忧。

"那你也不能不去换呀？"明人又说。

"我，我是想请你帮个忙，你和刘市长关系近，他不会对你咋样。"陆主任说道。

"原来你是让我当替罪羊呀！这行不通呀，我又不在场！"明人说的是实话。

"你替我问问他，就说被老领导的什么客人穿错了，人家发现了，要与他换回来嘛！"陆主任这回说得真够轻松的。明人电话里又嘲讽了他一通，当然最后还是爽快答应了。顺手之劳嘛！

他打给了刘市长，偏偏刘市长一口咬定，没穿错鞋，自己的鞋在脚上呢！

明人又打给了张秘书，让他再逐个问问，结果竟然没有人说穿错或被穿错鞋的！

明人晕了，陆主任更晕了，老婆也在一边责问他，"你到底穿错了谁的鞋？！"

"我肯定是穿错了别人的鞋呀！"陆主任都快哭了！

明人拿过那双鞋，翻来覆去地察看，看见鞋底刻着几个字母，他以为是拼音，仔细辨识，他念出了声，"吱呀，这是铁狮东尼！"

"是，是什么？"陆主任夫妇都瞪大了眼睛。

"这是意大利最著名的品牌之一了，快有上百年历史了，这价格不菲呀，你们看，这绳带都是人工精心制作的！"

"大，大，大概需要多少钱？"陆主任又结巴了。

"少说也得三千美元！"明人说。

"这么贵！"陆主任目瞪口呆了。

明人若有所思说道："估计你是找不到这鞋的主人了。"

"啊，那，那他不是白捞了一双好鞋吗？"陆太太说，

"他敢穿这鞋出门？他穿上，就被人认出了，人家在暗处，不敢换，还不敢恨他？"明人道。

陆主任夫妇频频点头赞同。

"我究竟是穿错了谁的鞋呀？他什么时候一定会给我穿小鞋的！"陆主任不禁一声长叹。

第五

辑

司机与狗

司机是明人朋友的司机，有时受朋友委托，司机也时常接送一下明人，当然是为了参加朋友的活动。

那次从九华山回来之后，明人看那司机的眼神就有点古怪了，或者说，司机在明人的眼中，变得奇奇怪怪的了。

明人憋不住对司机说了："我看到你，怎么总觉得好怪。"

司机很诧异，眼睛疑惑地注视着明人。明人却不说下去了，他痛苦地闭上眼睛似乎要忘却什么。

司机如坠云雾之中。

有一天，明人又憋不住对司机说了，司机也憋不住了，问明人到底什么意思。明人又痛苦地闭上眼睛，让司机迷惑不解。

这一天，很晚了，明人参加完一个活动，朋友让司机送明人回家。途中，明人时不时打量司机。司机也察觉到了，很不自在。明人是雇主的朋友，司机又不能随便发问，这不礼貌。

倒是明人又主动问了一句："你的属相是……"司机回答，属兔。

"不会吧，你不应该属兔的。"明人说得斩钉截铁。

司机说得更斩钉截铁："我就是属兔的，我自己属什么会不知道？！"司机心里憋着一肚子火。

明人嘿嘿笑了："我说你不是属兔的。"

"那你说我是属什么的？！"司机也不客气了。

"你应该属狗。是的，属狗的！"明人一字一句，说得清晰。司机的脸都涨红了，他也嘿嘿笑了，笑得真是稀奇古怪。

明人没再吭声，他心里在问："他真是属狗吗？"他也犹豫了，吃不准这答案究竟如何。他甚至觉得他是连狗都不如的。可是，这感觉更难说出口。

司机讪讪地笑。明人却已灵魂出窍一般，未置一词。司机的形象在他眼前又模糊起来，是人还是狗，还是小白兔？明人头痛欲裂，无法明辨。

那次，司机送明人从九华山回家。有一只狗突然从路旁的农舍穿将出来。车子依然快速疾驰。明人很快就听到一阵清晰的断裂声。撕心裂肺，让他不寒而栗。而司机若无其事，继续踩着加速器飞驰。明人当时也懵了，好久才缓过神来。那断裂声就一直萦回在明人的耳畔，总不能消散。

这回，司机脸红了，明人也明白了，原来这狗的形象一直没离开过，自己惦念着那条狗呀！

人有时真不如狗，他无奈地感叹。他之后就不要这司机相送了，他让自己太想起了那条悲惨的狗了！

手心里的痣

很多贵人们簇拥着他。对他十分地尊重，包括明人的上司。这个油光满面的人究竟何许人也？明人正襟危坐，不敢吭声。

酒过三巡。召集人絮絮叨叨地介绍之后，明人才知晓面前这个面相几近猥琐之人就是好多人津津乐道的神人，刘马。这刘马据说饱学诗书，通晓天文地理，早年出过家，后还俗并自称居士，会看手相，许多官员商人都愿意与他吃饭一聚。仿佛从他处可得到一丝天机增加一点仙气。

这当儿，那些贵人们纷纷伸出手掌，像袒露自己的胸膛一样，期盼刘马大师的指点。他对每个人都说得神神叨叨，出口成章，旁征博引，有理有论，让在场人颇为信服，被说的人也都像心想事成一般，兴致高昂，有些人被提及掌纹中有祸事的象征，似乎也不以为然，照样神采飞扬。轮到明人了，明人有点迟疑，想起二十年前，他在一家青年干部学院培训，当时也风行看相。他也斗胆为那些年轻人看相。连蒙带猜，竟然说得他们十分信服，一传十，十传百地要来让他看相。后来他甚觉荒唐，心里发笑，又感到在学校如此，影响不佳，于是坚决推辞了，笑谈着洗手不干了。所以，这些年来，他对这些玩意儿总有点怀疑。

他本不愿伸出手掌的，但看着刘马大师殷勤地在凝望着他。大伙儿也在一旁怂恿着他。他犹豫地摊开了手掌心。

明人皮肤并不白皙，但手心光洁鲜嫩，血色隐约。唯有正中心有一颗黑乎乎的东西，十分醒目。刘马的眼睛都看直了，显然那颗痣一样的东西吸引了他。他用探究古文物的眼光，仔细端详着明人的左手心，凝思许久，令气氛也不觉变得凝重起来。

明人瞅着刘马大师，也瞅了瞅大伙儿，有点好笑，但憋住了。这玩意跟随了他这么多年，他心里有谱。

刘马大师这会抬起头，定定地望着他，缓缓地吐出几个字："神，神人！神就神在，这一颗痣隐在表层里，无棱无角，无法触摸，隐而不露，又不看自明，凤毛麟角，百万人里才会有一个，那是一种神器，喻示你从容大度，玩权术于股掌之间……"

大伙儿的眼睛都直了，连上司看明人的眼神都有点古怪，那里面一定酸味浓重。

刘马还在滔滔不绝。明人却一言不能发，如坐针毡一般。

过了好久，席终人散，刘马还紧握着他的手。

回到家，明人就呼呼睡着了，这些鬼话能有什么作用？！就当是催眠曲吧。至于那颗痣，完全是一场偶然事件。那还是小学念书时，他拿着铅笔双手叉在身后。人靠在教室的后墙，一位同学不小心靠在他身上。他避之不及，铅笔不巧就扎进了手心里。很久很久之后，那里留下了一个印记，如淡淡的黑痣一般，无法消散。

大师没把它视作噩运当头，自己就是大吉了，明人想。

秘　密

　　很小的时候，一个小朋友把明人视为最好朋友，他悄悄告诉明人一个秘密：他的母亲不是亲生的。明人一愣，他一时还不明白是怎么一回事。小朋友解释说，他的亲生母亲上天堂了，他的父亲又再娶了现在的母亲。他哥哥就是继母的儿子。明人的脑子里就浮现出好多后娘欺侮孩子的传说，连忙追问："那你妈，哦，继母，是不是很不喜欢你？"

　　小朋友的脑袋顿时摇得像个拨浪鼓："没有，没有的事哦。我妈妈对我挺好的，比对我哥哥还好。哦，我再告诉你一个秘密，你千万别告诉别人，特别是我哥哥哦。"

　　在明人发誓不会告诉人之后，他神秘地凑近明人的耳畔，轻轻说道："每天晚饭，我吃着妈妈盛给我的满满一碗饭，扒拉几口，就会发现碗底有异样，我悄悄察看，不是卧着一个荷包蛋，就是一块大肉。我与妈妈就背着爸爸和哥哥不易察觉地互视一眼。我知道，这是妈妈从厂子里带回来的，是偏心我。"

　　小朋友说着眼睛也发亮了，有一种幸福感在眼中闪烁。明人拍了拍他的肩膀："你妈真好！"

明人后来注意到，这一家人很和睦融洽，哥哥待弟弟也视如亲兄弟一般。以后，两人在父母的关照、培育下也很争气，都考上了大学，也都有了一份不错的事业。

好多年之后，明人又邂逅了那位当年的小朋友。他已是一个企业的老总了。两人亲热地交谈，明人还问及他的父母。

谈及母亲，也即他的继母，那位朋友一会儿就泪水盈盈了。他说她操劳过度，已上了天堂。他说她是多好的母亲呀！

那位朋友忽地问明人："你还记得我曾经给你说过的小秘密，那碗里的荷包蛋和大肉吗？"

明人说："知道的呀！"

"我原以为这是一个不可说出去的秘密呢。我怕哥哥嫉妒，你知道，那时我们都小，又分别失去了父亲或母亲。对这新家，心里头都既敏感又脆弱着呢。母亲的一举一动都可能引发我们心灵的波澜，甚至影响我们的心理。"

"那后来呢？"明人等不及了。

"也是和你说过之后的好几年，我和哥哥已完全如同亲生兄弟一亲，我们这一家也完全牢不可破了。我有一天，就把这秘密告诉了哥哥。没想到，哥哥淡淡一笑，说'我每天晚上的碗里也有一只荷包蛋或者一块大肉。我知道是妈妈偷偷放的。可有一次问她，她说让我别说了，这是爸爸特意嘱咐的。我知道，她是让我向着家，向着爸爸，爸爸、妈妈真是世上最好的爸爸、妈妈！'"

朋友叙述完了，眼睛里还噙着泪，泪花中还有一种光芒。明人发觉那是在他孩提时代就闪烁过的，一种真正的幸福感！

提前量

　　明人一到现场，发现黑压压的，已站满了人。明人赞赏地瞥了刘总一眼："你真可以呀！刚才路上还担心，一早八点的工程开工仪式，别都姗姗来迟了，大领导到了发现人不齐，就尴尬了。"

　　抬腕看表，离八点开始，还有半个小时。早春二月的冷风，还像刀子一样割人肌肤。工人们站在空旷的工地上，冷得脸都发白了。明人仅到了一会儿，就冷得直哆嗦。他走上前，与几位工人握手，他们的手都冷得像冰块。人心都是肉长的，他的心一阵酸疼。他真诚地说："让你们辛苦了，领导到了我们就开始。"他问一位工人，"你们来了几分钟了吧？"一位粗黑的汉子也许是受冻了，嘴唇嚅动了好久，才吐出几个字来："有、有一、一小、小时了。"明人以为听错了，疑惑地看了看刘总。刘总有点炫耀地介绍，都过一个多小时了。明人皱眉，随即怒火中烧："谁让这么早的！我让提前十分钟就可以了。"

　　刘总一看明人真生气了，连忙解释，这不能怪他，他是在明人讲的十分钟基础上，又加了二十分钟。公司办公室主任通知时又加了十分钟。分公司经理通知班组长时也加了十分钟。班组长们不约而同又都加了提前量。这一小时就理所当然出现了。

这一天大领导又迟到了半小时，等于工人们在现场足足等了快两个小时。明人之后宣布，以后类似会议不得如此提前，会议开始前十分钟到就可以了，谁不把一线工人当回事，他就跟谁急！

一年之后，又召开项目现场会。一位新任的大领导将到会。一大早，明人赶往会场。手机骤响，办公室主任心急火燎地禀报，大领导已到现场。离开始还有半个多小时呢，咋来这么早呀。明人顾不上许多，让司机加大马力，赶到现场。

现场除了一些工作人员，大队人马都还没到。大领导气呼呼的，一脸不悦。他说他还想提前到，提前开的呢，"你这是唱的空城计呀？"边上人想说明，大领导打断了："别说我没事先打招呼，你们完全可以多打点提前量，谁不是这样组织会议的？！"

那天会议是按计划准时进行的，一点没耽误，人也一个不少。会后，明人也未明确什么，但部下又开始按老办法加大提前量了！

距　离

下车时，导游再三提醒，"你们别靠太近了，天鹅会飞走的"。

明人和游客们兴奋地扑向湖边，但很快一车人就不自觉地形成了一个扇形，向赛里木湖边缓缓走去。

初秋的赛里木湖一片静谧湛蓝，蓝天白云和远处隐隐约约的冰川雪峰，让这片天地宛若童话世界。七八个黑点，在湖畔一溜排开，像井然有序的省略号。那是天鹅在湖边优雅地栖息。

愈来愈近了。小小的一个个黑点已显出一个个婀娜多姿的形态来了。大家还在轻步挪近。

该停步了，明人想，并且迅速抓起相机，拍了一个远景。这时，他看见镜头里有一个小黑点已站得更挺立了，翅膀也微微抬起来了。

他轻声唤道："别往前了，再走，天鹅要飞了。"

只有边上几人朝他瞥了一眼。绝大多数人依然在往湖边走去。

又有两个黑点亮起了翅膀。这应该是明白无误的信号了，天鹅们已经开始警觉了。

明人也急了，自己的脚步放得又轻又慢，仿佛在原地无声地踱步。但其他人大军压境似的，还在向天鹅逼近。

又有若干天鹅亮起了翅膀。相机的咔嚓咔嚓声，也如炸雷一般响起。

这个距离已足够近了，明人又低声唤道："别再靠近了，别再靠近了。"他甚至伸出手臂，想拦住身边的几个游客，但他们乜斜了他一眼，躲开他，直往前去。

这时，先有两羽天鹅扑棱棱地飞走了，又有几只，稍稍迟疑了一下，也挥动翅膀，飞掠而去。很快，刚才在湖畔栖息的所有天鹅都远离了，差不多都立于粼粼清波上，又成为遥远的一个个黑点。

明人想，在那些天鹅的眼里，散落的游客，此时也只是湖畔一个个失落的黑点了。

明人无法精确地估算他们与天鹅的距离，但他知道，这些距离是必然存在的，就像他和这些游客，人和人之间，有时也存在不可回避的距离一样。

保 安

那个保安来自苏北，一口普通话，带着家乡口音。明人和他聊过，那次他早下楼了，司机还没到，他就和这个保安聊了一会。

这个保安长得五大三粗，说话瓮声瓮气的。明人叫不出他的名字，但对他的脸很熟悉了。

闲聊中，保安礼貌客气，也知道明人住在哪幢楼。

有一天，明人在外，有一个陌生手机号打了进来，一接，是一个很不耐烦的外地口音。几句话后才听明白，对方是快递公司，有一个快递要送他，家里没人，要等他签收。明人说："你放门卫那呀。"对方说，门卫不肯收。明人说"你把电话给门卫处的保安，我和保安说"。保安接听了，是苏北口音。明人请他帮忙先签收了，保安一口答应了。

以后明人好多事都找这个保安，连房门和车钥匙之类，都放保安处中转。从未误过事。那个保安还是很认真敬业的。

某一晚，在一个即将打烊的超市，刚购了物的明人听到一阵吵吵嚷嚷声。他定睛一看，是超市的保安拦住了一个人，要搜他的身。那人竟是小区的那个苏北保安。他穿着便衣，不穿制服的模样，更显粗犷。

超市保安怀疑他衣服里偷藏了东西。他百口难辩。明人望了一眼保安，上前为他求情。超市保安问，"你认识他吗？他叫什么名字？"明人说不出，超市保安就不放行。无奈，明人认识超市老总，打了电话。老总问，"你认识他？他叫什么名字呢？"明人还是不知道他的名字，但以自己的人格为他担保。老总下令放了他。

出了门，他对明人致谢，说他确实没拿东西，说完，他还脱下了上衣。明人阻止了他，明人相信他。

之后有人问明人，"你连他的名字都不知道，还敢这么保他？"

明人说，"我不知道他的名字，甚至他姓什么，但我知道他的心，心善。有的人我知道名字，也不敢担保呀！

忏　悔

　　明人写过一篇文章，发表在一家颇有影响的著名刊物上。在那篇文章里，他自我剖析，极富于自我批评精神地对自己所谓的成熟，其实是心灵麻木进行了反思和忏悔。所举的事例就是路见摔倒的老人，不敢施以援手，助上一臂之力。

　　这篇文章是他的得意之作，文章发表后引起不少人的共鸣，他们对明人的坦诚和直白大为赞赏。他自己也把发表的文字，反复读了好几遍。

　　没想到不久就有了一次对明人心灵的真正考验。

　　明人驾驶小车想要右转，拐进小区，孰料正好一辆电动车在右侧道路飞驶过来，车右侧与电动车撞击了，明人赶紧刹车，但电动车和骑车人已翻倒在地。骑车人倒地之后，脑袋稍抬了一下，迅即又奔拉在地。暮色之中，这让明人心里暗叹一声："完了！"

　　他赶紧下车，走近骑车人。他此时唯一想着的，就是骑车人别真的倒地而亡了。他推了推，发觉那人还有知觉，连忙想扶他起身，心里祈祷，他能爬得起来。他死劲拽那人，似乎十分困难。明人甚为担忧，后来他把电动车扶正了，再拽骑车人，骑车人很快就站起来了。那是一位外地民工。模样上看大约三十岁左右。刚才显然是电动车压着他了，他才不能轻松地爬起，明人略为放心了些。他随即想的是没什么太大的事，希望快些了结。他找了个正好在路边围观的路人帮忙做"老娘舅"（沪语方言，指那些有威望，讲公道的年长者），想给点钱了结。

骑车人见路人报了几百元，心有不甘，再三说要报警。他一瘸一拐的样子，似乎又不像是在敲诈。

明人想再提点价码给他，可看他并不善罢甘休的架势，也不敢再喊价，怕太被动了。

他想就让警察来吧。他只想别暴露身份，这民工如果知道他是有一官半职的，那对他的索赔不是会更高吗？

警察来了。一看现场，就判定明人是全责。他要了明人的行驶证和驾驶证，叫了拖车，准备把明人的车子拖进交警队事故组，口气不失严厉。

明人急了，赶紧悄悄拨了一个熟人电话。还关照熟人别透露了自己的身份。

很快，处理事故的交警接到了电话。耳语几句之后，他对明人的口气明显改变，打了电话让拖车也不要来了。

他做起了"老娘舅"，让民工报个价。

民工说可以先不要钱，让明人陪他去医院，或者留个电话给他。这听起来似乎有道理，但明人只想尽快摆脱，怕留电话以后有麻烦，就不答应。

最后交警裁定，开了事故处理单，让明人先拿出了一千元。并且说明，如果骑车人有骨折，一千元不够，可找交警，他会另处理开单。

民工无异议，明人也觉得这样爽气一些，便答应了。这时他关注的是人手一份的事故处理单上，自己的名字最好模糊些。他怕民工知道他，胃口又会膨胀。

还好，那复写纸的纸面上，文字并不清晰。

骑车人推车走了，他稍舒了一口气。

之后的24小时，他也担心有电话打来，因为他们都说，如果24小时不来电话，那么检查结果就不会严重。另外，也有可能那民工还舍不得去花那笔钱，如果没大伤，去医院就得支出那一千元钱了，挂个号拍个片之类就得几百元吧。明人想，那民工应该是舍不得的。

那一天，他是忐忑的。而当24小时过后，他感觉轻松了，心想，自己也算是逃过一劫了。那民工从此与自己毫不相干了。

有一天，他又不经意翻到先前那篇文章，他的那篇得意之作。这回，他皱了皱眉，把它迅速翻过去了。

钥匙包

钥匙包寄放在保安处，已持续了好多年了。

有时钟点工要来打扫，明人偏巧外出，就把钥匙包托付给了门卫处的保安，让钟点工到了自取，完了之后，再交还保安。有时是家人要来明人家拿个东西，明人也会留下钥匙包，托保安代为转交。

钥匙包里有门钥匙，也有内室和报箱什么的钥匙，一串，能把自家的角角落落都打开。保安呢，多半是叫不出名儿的。脸或熟或不熟，都是来自异域他乡，反正都是这小区的保安。

钥匙包时常搁那儿，明人也没有什么担心。

大约是在那天老同学大张登门拜访之后，明人感觉不自在了。

大张也是干保安的。他说，他们小区连续发生失窃，首饰细软为多。费了好大功夫，才抓获蟊贼，竟是保安所为。这个保安平常表现很不错的，待人也诚恳谦和，公司给他的待遇也不赖，但他说要结婚了，手头紧了，就走歪路子了，他们经过层层排查，想尽了办法，设置了重重迷雾，才把他现场活捉。

明人听了，脑袋就大了，如果自家小区保安也这样，就够呛的了。

从那天后，他就感觉不对劲了，家里书架是敞开的，他经常出差会买点当地的小玩意儿，放置在那儿，有的价值不菲，有的则物以稀为贵，在书架上随意摆开，疏疏密密的。现在，他总怀疑少了几件。

大橱抽屉也是不上锁的，现金首饰什么的，也胡乱塞在里面，被提取也是很随意的。他怀疑那也被动过了。

虽然他无法盘点清楚，但心里总不踏实。

他路过门卫，看见保安，总是盯着他们的眼睛。他相信眼睛是心灵的窗户。有一部苏联的老电影里，就有一句经典台词，叫做"请看着我的眼睛！"心里有鬼，眼睛就不敢正视自己。可是，这些保安，你还真难以辨别。他们的目光既不躲避，也不直视，显得很温和，很善意。

后来又想到了钟点工，如果她也是小偷小摸之人，这该如何设防？

那一阵子，明人茶饭不香，一筹莫展。

他总不能自己老呆在家里，做个宅男。也不能辞了钟点工，让家里像狗窝一般。他本来工作就忙，这一下恍恍惚惚的，精不聚，神不会，耽误了好多事。

就这样，又一段时间过去了。钥匙包依然还经常托付在保安那儿。钟点工依然按照他确定的时间，每天来收拾屋子。

有一晚他做了个噩梦，梦里自己的屋子遭劫如洗。他惊醒了。打开了房间所有的灯，他觉得一切依然如故。连书橱上的那些小玩意儿，都如乖顺的鸟儿一般，栖息在那儿。

他继续睡了，他想可能是自己想多了，这世上还是好人多的，不能为了极少数的坏人，而陷入寝食难安的生活境地。

他在梦里轻松地笑了。

成功男

　　成功男邀明人小聚，说仰慕已久，颇想结交。因为是朋友的朋友，明人也不好意思推脱，允诺一聊。说好只喝茶，不吃饭。

　　先约时间，明人先告知时间。成功男致歉，说与某大领导有约了，可否换个时间？明人又说了一个时间。成功男又再三致歉，说得接待一位欧洲银行家，实在调剂不开。明人只得换词了："那你定个时间吧。"成功男后来给了三个时间，不巧明人也都有安排，但他没吭声，选定了一个时间，自己想办法调整。

　　再定地点。明人说就找一家星巴克吧。成功男回复："那怎么行呀，第一次见您，无论如何要找个好去处，这样吧，我开车来接您。"明人不忍拂他的好意，也就勉强答应了。心里则嘀咕着，这话意思很明白，第一次如此地待你，以后就没这种规格了。他在心里暗骂自己小心眼。

　　到了约定的这一天，明人从外面赶回，见小区门口被堵住了。原来保安与一辆超长林肯车的司机在争吵。保安不让进小区，说里边没车位，没法停。那司机唾沫飞溅，一脸不服。明人瞥了一会儿，忽然看见

成功男从车里出来，右手手指夹着一张百元纸币，他走到保安面前，说道："够吗？"保安嗫嚅着："这、这不是钱的问题。"

成功男把纸币塞进了保安的衣袋："就是钱的问题嘛。拿着吧。"

保安一时不知所措。

明人赶紧走上前，与成功男打招呼，说不用停了，这会儿我们就走吧。

成功男笑说："不行呀，我带了一点土特产要送到您府上呢！"

明人拗不过他，何况众目睽睽之下，车子又把通道堵塞着，他也只得答应了

保安认得明人，这时也缓过神，把纸币还给成功男，把车放行了。

到明人所住单元，成功男让司机把土特车扛上去。那是两大箱海蜇头。成功男说这是他从老家带来的。明人想这玩意他一年四季天天当饭吃，也吃不完呀。但瞧见长得五大三粗的司机已扛在肩上，往楼道走去，他想说什么也多余了。

成功男把他带到喝茶的地方，是这个城市的一个老建筑。外边洋派，里面更是古色古香，气度不凡。喝个茶，几个旗袍女侍立身旁。成功男把她们呼来唤去，声音也是粗声粗气的，像对待下人。

闲聊了一个多小时，明人就借故告辞。成功男脸面有点挂不住。

明人还是提前自己走了。后来朋友打电话给他，"你是对人家有意见呀？人家可是真的想结交你呢！"

明人说："我不是对他有意见，我只是对他的成功做派消受不起。"

翌日，那两箱海蜇头也转送给朋友了。明人说，他吃了怕不易消化。

私人定制

    春节，明人给一位老领导拜年。老领导已年过八旬，是一个正直克俭的离休干部。以前拜年者络绎不绝，这次敲门进入，却没见旁人。

    老领导见明人来了很高兴。他高兴的表现方式就是滔滔不绝地说话，言语中不乏对当下时事的抨击。这次，他直言不讳地对一些老部下不容情面地予以批评："这些人以前每年来拜年，还大包小包的。我说他们人来就可以了，还带什么东西呀！他们说，这一定要送，这是他们的一片心意。每次看到他们来，都带这么多贵重礼物，我就难受。这是我们当年参加革命时难以想像的。如此破费，是否太奢侈了？！我说他们，他们依然如此。今年倒好，这些人大都不来了……不来，我就明白了，他们当年用的是公款，现在规定严了，他们真没招了。"

    明人下意识地瞥了瞥自己带来的礼物：两盒老领导爱吃的新疆干果，一袋刚在超市买的水果。这未免太寒碜了吧。

    这时老领导又开腔了："你带的礼物我喜欢，这说明你是自掏腰包的，是真心实意的。"

明人心里一暖。他对老领导的尊敬是发自肺腑的。每年来拜年，从无他求，就是表达这一心情。

老领导又说："其实我早就再三说了，你们来看我，我就很高兴，不要带什么礼物来！我可从来不是礼物的俘虏。"

这时，邻居敲门，送来一封邮件。老领导接过，就迅即撕开了，是一张贺卡。老领导又感慨道："自从严禁公款购买邮寄贺年卡，这玩意儿在我这儿也是稀罕物了。"

"物质是精神的基础。没想到很多同志的情意是寄托在公款上的！"老人又重重地说了一句。

明人一时无言。屋子寂静无声。

好久，老领导一动不动。明人忽然感觉异样，走了上去。

此时老人双手捧着刚收到的贺年卡，双眼濡湿。贺年卡一看就是自制的，粗糙而又简朴。

"这是一位我老部下寄来的，当初我批评他最多，他退休时还是一个科级干部，回了老家境况并不好。但他每年都会给我寄一张贺年卡来，按现在说法，都是私人定制的！……"老人显然太激动了，哽咽了。

明人小心接过这特别的贺年卡，心情也随之震颤不已……

贵　人

那天清晨，早早醒来，小乔就起床了，她到自己的服装店去瞅了瞅。外来妹小唐吓坏了，老板从来没这么早到店里过，是对这里不放心，来查岗的吧？幸好她今天按时进了店门，如果像前几天那样迟到半小时，还不被抓个现行！也幸好今天路顺，看老板的脸春意盎然，这个小服装店的唯一伙计，心从嗓子眼落窝了。

小乔今天确实心情愉悦，因为她下半夜做了一个梦。梦中有人告诉她，今天她将遇上一个贵人！

这几年侍弄这个小服装店，一年下来，也没多少进项。她已经有些心灰意懒了。她的好些同学或发了大财，或做了不大不小的官，或到欧美办绿卡去了。自己还只守着这个租来的小门面，打发时光，真是憋闷得慌。她不相信自己只是这般命运，她觉得只是缺少机遇。今天这个美梦，令她心中不无窃喜，贵人，今天你在哪里？

她这么早到店，只是象征性点个卯。她不相信贵人会在这里出现。她出了店门，往对面的咖啡馆走去。

上午的咖啡馆冷冷清清。女招待员看她的目光也是冷漠的，她点了一杯卡布奇诺，不加糖，轻轻呷上几口。直至杯子见底了，也没见什么人进来。她觉得自己挺像守株待兔的，站起身，走了。

在门口，她撞见了她的一个老同学。老同学和她寒暄了几句，便匆匆告辞了。她望着远去的老同学的背影有点怜悯。据说老同学早早下岗了，生活很不如意。

她沿着商业街一路溜达过去，在一家妇女用品商店闲逛时，又邂逅了她的一位中学老师。那中学老师现在白发苍苍的，当年还真挺喜欢她的。有一年期末考试，她得了59分，想这下得补考了。没想到补考名单里没有她。当然，也是后来才知道的，老师给她加了1分。老师应该算是小乔的贵人了。可是，现如今老师早退休了，中学的退休老师有多少大富大贵的？小乔自然也不会判定她就是梦里所指的贵人。

在人民广场，她还碰上了一位保安。她在一个趔趄差点摔倒时，这位保安伸手拉住了她。保安不帅，却憨厚。小乔再三道着感谢，也没将这放在心上。

快傍晚时，她接到小姐妹的一个电话，邀她晚上去参加一个饭局，也没什么事，就是好多朋友聚聚。

她去了。有点扫兴，都是与她混得差不多的男男女女。有几个帅哥向她频频敬酒，她也无精打采。她知道自己的姿色，小乔的名字不是白起的。但她对情爱之类早已淡漠，赚钱才是最大的追求。有一部新戏是这样说的：女人不能缺钱。

有一个高个子男子姗姗来迟。别人一介绍，小乔眼睛亮了。这人才是她期盼已久的贵人！一个投资公司的老总，据说三年创造了资产从百万到数千万的商业奇迹。再听他侃侃而谈，口若悬河，金融那一套理论信口拈来。

小乔毫不犹豫地判定，贵人非他莫属。她和他聊得很热络。他说他能帮她实现短时间内资产快速增值。她留了他的电话。那一餐，她真是心花怒放呀！

餐厅出门时，有一乞讨老者挡在面前。贵人从衣兜里抽出一张百元大钞，扔在了地上。小乔心生怜悯，蹲下身，捡起百元大钞，递给了乞讨老者。

乞讨老者连声道谢。小乔心中的贵人，此时已大步离去。

数日后，小乔将一笔不菲的存款悉数打入了贵人的账户，期待着贵人给她带来福音。

但一个月不到，她就听说那贵人已成"贱人"，被公安局抓了，罪名是诈骗。小乔的头真炸了！

她作为受害者被请进公安局，像被霜打过的茄子，完全蔫了。因这笔存款被那"贱人"骗了，而自己的服装店也因动迁将即被拆除。

她欲哭无泪。

不过，警察却对她说："你还算幸运，碰到一位贵人了。"

她抬头，以为警察是在嘲弄她。可那警察目光清澈，绝无虚假。

警察让她想想，那一天碰到的贵人是谁？

过电影般的，小乔在脑海里搜索思考。老同学？中学老师？保安？外来妹小唐？就连咖啡店那个冷漠的女招待员，她都想到了。还是无法判别谁是真正的贵人。

警察说，那位贵人帮你说了话，追回了你的存款，还帮你租了另一个市口更好的店面。

小乔很吃惊，无论如何也想不起来，此人会是谁？

警察说，他不让我们说是谁。不过，我可以说的是，他是一个注重人格，知恩图报，还在乔装打扮做便衣卧底工作的老警察！

小乔把这故事告诉了明人，让他帮忙分析这人是谁，明人听后感慨一句："贵人也未必是露相的！"

并不荒诞的电话

张A与张B本来都很有钱，后来都成穷光蛋了。都因一个赌字。

他俩无颜见人，离家出走，在邻近的城市鬼混。时间一长，渐渐与家人也没了联系。

他俩无聊地打赌，什么都赌过了，但因没有赌资，就显得更加无聊。

这天，坐在一条河边，张A和张B又无聊之至了，于是又打起赌来，并且想出了一个新花样。

那是张A提出的，让张B随便拨打人家的电话，只能说一句话："我原来很有钱，现在什么都没有了，你能帮帮我吗？"张A说："我准保你还没说完，人家就把电话挂了，不骂你有病算是客气的。"

张B偏不相信，他坚持说："一定有人会答应帮我的，你信不信？"

张A不信。张B于是与张A谈妥，如果真有人在电话里答应帮忙了，张A就认输，就得挨张B一拳，并且从此，张A得听张B的，让他干啥就干啥。

于是两人打开手机免提，张A胡乱地拨了一串号码。通了，张B马上接听，用很愁苦的语调说："我原来很有钱，现在什么都没有了，你能帮帮我吗？"手机里稍稍沉寂了一下，然后爆发出一声斥骂："你神经病啊！"随后，电话被挂断了。

张A大笑，朝张B扮了个鬼脸。

于是再试。

胡乱拨了七八个电话。结果都差不多，大多骂了一句，也有若干个电话，对方一句话不说，就把电话给挂了，这是无声地骂。

张A得意了，张B的脸哭丧着，可还是不想认输。

张A又胡乱拨了一个电话，接通时，张B又开始复述："我原来很有钱，现在什么都没有了，你能帮帮我吗？"

一说完，手机里沉寂了好久，张B对着手机说了句："喂，喂，你还在听吗？"

手机里依然还是沉寂。

张B憋不住说了一句："不会是聋子吧？"

对方竟然开腔了，是一个苍老的妇人的声音："我，我，我帮你。"

张B眼睛圆睁了："这，这……"

张B像木雕泥塑般地愣在那里。

那苍老的声音又说道："孩子，快回家吧，儿不嫌母丑，母不嫌儿穷呀，只要儿子能走上一条正道……"

"这老太婆啰里啰嗦的，是疯了吧？"张A说。

张B此时已泪流满面，他哽咽着"嗯"了一声，放下电话，一拳捶了过去："这是我妈！"

这是明人听来的故事，在此一记。

是人不是人

　　明人一日读报，忽然吓了一跳。报上说美国马里兰州(恕明人闭塞狭隘，孤陋寡闻，对此名甚为陌生)基因组研究所有一个发现：人类并不完全是人，而是"共生生物"！这真是惊人的发现。明人活了半辈子，才顿悟自己不算是人。

　　懵了、晕了、悬了。

　　专家们言之凿凿：我们(且以此代替尴尬的现实的人)是由细菌和人类细胞组成的混合体。可怖的是，我们百分之九十是细菌。仅有百分之十属人类细胞。

　　想起一句骂人的话：你不是人。明人哑然失笑。这竟然道出了我们迄今才明了的永恒的真理。

　　又说人类这百分之十，倘若不和那绝大部分合作，就会在新陈代谢上出大问题，患肠炎即是一个后果。肠炎已经多年的明人心里唉叹：原来自己还真不是人。唉，人啊人！

素　质

　　明人所在的办公楼，是各委办局集聚之处。管这楼的办公室主任众口难调，常遭非议。

　　办公室主任还是老实勤快的，可上面领导不怎么喜欢他。他找明人讨教，明人也算是机关资深人物了，还真找主管领导沟通过，主管领导的评价很简单："他呀，素质不高！"

　　办公室主任为此很苦恼，不知如何是好。明人倒是给他出了个主意："你看这办公室楼道都空空当当的，不妨请些书画家挥毫泼墨装饰一番，这不就有雅致许多了吗？"

　　这主任思前想后，并没这么做，倒是另辟蹊径。终于换回主管领导的一声高度赞誉："我们这办公室主任很有素质啊！"

　　明人不解，用满满一杯二锅头追着这老弟坦白。

　　办公室主任没有几两酒量，一股脑就竹筒倒豆子了："某一天，领导在开会，一个女服务员给他续水，他抬头审视了一眼，就有些黯然神伤地垂下了头，这一幕被我注意上了，我终于明白了。"

"我把我们这儿的服务员像选美一样，全换成了既高挑又俏丽的女孩子，不就是多加点收入而已？之后，我就发觉领导脾气好多了，对我也好多了……"

山里爱情

　　大西北的一个山坳里。有一个老女人。她步履蹒跚，睁着一双浑浊的眼睛，打量着明人。

　　明人从遥远的都市里来。这深山沟里的女人孤单一人，是个五保户，明人与乡干部都来探望她。乡干部对明人说："你别看她现在这样，她原先可是这里的美人儿，年轻时很漂亮的。"

　　明人与她攀谈。她耳背，与她说话必须加大分贝。

　　明人问："你此刻最大的心愿是什么？"

　　她吐出几个字："去县城看看。"

　　明人问："你没去过县城吗？"

　　她点点头："没去过。"这儿到县城，要爬半小时山，坐两小时马车，三小时长途汽车，路还不好走，但县城毕竟是山里人向往的。

　　明人有点惊讶："那你怎么一直没去呢？"

　　老女人砸吧着嘴说："年轻时，就想去，可死老头子不让我去。怕我漂亮，走了以后就不回来了，一直没同意。到老头死了之后，想去，自己又走不动了。"

　　她说得很随意，像在讲别人的故事。但泪，已从明人的眼眶里慢慢渗出……

一次高端研讨会

某省举办文化节，召开了一次高端研讨会，明人有幸受邀出席。

这是一个名人名家荟萃的舞台。组织者也很聪明，发言是漫谈式的，讲出一两个新颖的观点就可。

一个经济学家首先发言。他说自己刚从美国加州回来。他说了美国一大串大家的名字，说这些都是自己的朋友，言谈中，充满了骄傲和自豪。

又有一位音乐家紧跟着发言。他说他的工作室几乎天天爆满，好多大家都在一起，他说他们正在共同构筑一个新的音乐理论，随后他报出了一连串的艺术家大名，场上，人们都报以掌声。

轮到明人发言，他一不做，二不做，轻轻咳了几声。他说前几年到欧洲认识了当代有影响的一批大师，了解了他们推崇的理论和观点。他说，你们知道布洛克特的理论，知道新新现实主义，知道波肯里亚的小说吗？他发现好多名人都频频点头，有的人还直接附和了一句："知道呀！"明人诡秘地笑了，他向那些博学多才的名人扮了一个鬼脸，然后说，"我刚才说的都是胡编乱造的，根本没有这些人和这种理论、这类小说，可惜你们信以为真了。知道当今文化艺术界如何浮夸了吗？刚才就是最好的回答！"

场上顿时一片死寂。

动真格了

一对夫妻吵架，小猫咪蹲伏在地上，有些不知所措。那妇人脾气火暴，先是把枕头扔了过去。男人理都没理，小猫咪也一动不动。之后，妇人高高举起了一叠瓷碗。男人不甘示弱："有本事，你砸呀！还不是你自己掏钱买的。"小猫咪也不无担心地盯视着妇人，眼睛一眨不眨。妇人放下了碗，转而抱起了柜上的电视机，眼珠子瞪得大大的，仿佛就要扔地上了。那男子依然木雕一般，凝然不动，若无其事的样子。小猫咪看着女主人，眼珠也睁得溜圆。这回，妇人还是放回了电视机。她将起袖子，开始破口大骂："你这挨千刀的，不要太得意，我马上就召来雷公，让你天打五雷轰，与这世界一起毁灭。"话音刚落，大地陡地摇晃起来，紧跟着就是雷声大作。还来不及撒腿，夫妻两人和小猫咪就迅即被倒塌的楼房压倒了，男人被大梁整个打倒在地上，妇人和小猫咪则被挤压在一个水泥板的缝隙里，面面相对，几乎不能动弹。恐惧尚未褪去，小猫咪就喵呜喵呜地叫了几声，它是在问妇人："你这回，怎么就动真格了？"

篱 笆

明人无法忘却这一幕。

那时年幼，家住底楼，父亲为了安全起见，沿着窗口搭置了一个窄窄的篱笆墙。不料，管理部门来了，组织了几十个腰圆膀粗的汉子，一路强拆，父亲费劲搭设的篱笆，在几分钟内被稀里哗啦地拆除了。父亲无助，明人也无助，但他盯视着那些人的目光里，一定喷射着火焰。

很多年过去了，明人已成为一名官员，根据整治市容的需要，拆除违章建筑成为必然。

那天，在督促自拆并久劝无效的情况下，他带领一拨人对最死硬的一户人家开刀了。主人挣扎了一会儿，最终无言地垂头站在一旁，那片篱笆建筑迅即被机械蛮横地拉倒在地，顿成一片废墟，腾起一片尘雾。

他这时瞥见了一位孩子，站在不远处，眼睛死死地盯视着自己，像是要把自己吞噬了。这是这家人家的孩子。

明人没有拆违成功后的喜悦。他仿佛看见了昨天的自己，仿佛看见篱笆还是那里挺立着，心忽然就生疼起来。

老天垂青的人

他来自荒僻之乡。文化不高，却是老天垂青过的人。

那次飞机失事，在行将降落地面之时，飞机突然解体，之后坠毁，死伤无数，而他偏在解体的一刹那，从裂缝中坠地，竟然毫发未损。真是幸甚！他也立即成为媒体关注的对象。

起先他还很愿意开口，述说那惊心动魄的一瞬。但不久，他看见自己的照片屡屡见报，别人看他的目光也十分新奇，他就变了。有媒体再采访，他就伸出粗糙的手掌来，说："给我十块钱！"如果不给便一声不吭。

此举令人啼笑皆非。

之后，他又缠闹到医院，坚持要求住院治疗，说这里疼痛那里不适，都是飞机失事造成的。医院用了最好的医生和设备给他全身检查了一番，什么病症都没有。他还是坚持要求治疗，不肯出院。

家人去探望过他，劝他回家。他脖子一梗，说，"其他人可以免费治疗，我为什么不可以？！"

他死活不愿挪步！最终，他至今尚未出院，是这次飞机失事中唯一一位还在住院的乘客。医生估计他这辈子也难以走出医院了。

他被转进了精神病院！

这老天垂青过的人呀！

位　置

　　明人小有成就，常被母校邀去讲演。起先，明人是不愿去的，交流座谈也就罢了，若是上台大谈特谈自己所谓的成功史，不免羞愧难当。但拗不过老师们的再三邀请，他还是恭敬不如从命又去了一次母校。

　　二十年没进这个学校的校门了。记忆犹新。并无大变的校园，热气腾腾的课间，年轻而欢快的学生，让明人感觉像回到了自己读书的年代。一时情不自禁，泪水在眼眶里打转。如果不是校领导陪在一边，他一定会让自己的泪尽情流泻。

　　讲演是成功的。因为明人脱稿，倾诉的完全是心灵自然流淌的话语，赢得了阵阵热烈的掌声。提问开始后，高潮又一次被掀起。明人直抒胸臆的表白，让所有人感到了一颗心的真挚和炽烈。但最后的时刻，出现了短暂的尴尬。有一位女生站起来发问："老师，你真让我们羡慕。我们怎么才能达到你现在的位置？"明人竟然立即脱口而出："别羡慕我！我现在最羡慕你们现在的位置！"明人停住了，场上瞬间寂静一片。有人不相信自己的耳朵，明人说的是什么话呀？

静默片刻，窃窃私语已渐成嗡鸣声。明人却一脸沉静，他不紧不慢地说道："因为我的位置你可能会达到，而你的位置，我永远无法再次得到！"

　　少顷，掌声暴风雨般地响起。

中年完男

几位老同学周末一聚，都是人到中年了，谈得最多的还是身体的保养。

体育记者出身的报人朱兄披露了一个理论，美其名曰：中年完美男人理论。其来源系韩国大名鼎鼎的体育明星的发言。他说，中年男人要有三项活动才算完美。一是立着的运动，打高尔夫，每天至少走路十公里。二是坐着的运动，打麻将是最佳之举。三是躺着的运动，这我不说大家也明白，是两个人的运动，贵在互动。此言既出，在座的自然都主动自我对照。明人首先脸红了，自己一定属于废人了。报人也自我曝光，自己也属二分之一废人。一位在机关工作的老兄舌头都打结了："我，我，算是，三分之一废人。"另一位整天忙于辅导学生高考的仁兄，也叹口气说："我是六分之一废人了。"那位在海轮上的同学更是长长一声叹息："全废了本人！"大家摇首叹息时，却见那个当初的差生，后从包工头起步的，现在也并不起眼的私人老板，咧开嘴笑了。大家瞬间明白了，他是这儿唯一的完人啦！

捎给你一块石头

明人给朋友A和B，发了同样一则信息：我托人带给你一块石头，和田玉龙喀什河的。对方都回复表示了万分感谢之意。

几周后回家，朋友A就邀请明人喝茶，说："真是感谢，蒙你送上这么贵重的礼物。"明人连忙说："不贵重，就是一块石头。"朋友说："这块石头至少得两三万元吧？"明人又连忙说："没这么多，没这么多，就几百元钱的东西，是从和田当地人手中买下的。"朋友又说："羊脂玉价格都飚得老高了，不会就这么点钱吧？"明人有点尴尬，"这不是羊脂玉。就是一块带点玉纹的河石。好玩，好玩"。朋友"哦"地点了点头，久久地。明人读到了他目光里的失望。

过几天，明人又听到有人传来的朋友B的不真不假的说笑："这明人真是，大老远就托人带了一块石头来，我还以为是和田玉呢，对他感谢不尽。待到拿到手，这玩意还不如一块且末玉呢！"

明人像搬起石头砸了自己的脚一样，挪不动步子，脸色也难看起来。

微博评论

明人开设了微博，每天凌晨即兴写上一两首短诗。每天上午再打开微博，就见粉丝的评论一个接一个，陌生和熟悉的都有，都是赞美的言词，心情很舒畅。

渐渐地，他习惯了这每天的播种和收获。倘若哪天因太忙、太累，顾不上写，他会很失落。如果写了，第二天早晨未见评论，或者评论稀少，也会心里空落落的。

他憋不住向熟识的粉丝们发私信："读读我的微博，评论评论呀。"粉丝们也都回复"好呀好呀"，于是又掀起一阵一阵评论的浪潮，尽是赞美的言词。这像给明人注射了强心针、兴奋剂，他凌晨播种更欢了。

某一天，他刚刚即兴创作并发布了一则微博，也是140字里的一首短诗。他颇得意，就见微博上方瞬间跳出一行字，竟已有了粉丝迅即评论了。

他打开一看，是一个好朋友的评论。他读了下去，却感觉滋味不对。朋友虽说了类似够勤奋的好话，却又犀利地指出有两句不够诗意，太直白。他有些郁闷。偏偏是好朋友才敢这么点评。

他忍不住拨了好朋友电话。好朋友说，刚才还为他短诗写了几则评论呢。语气不无夸耀。明人闷闷地扔过一句话："你就删了吧。还没有人这么评论过呢！"

后来微博评论者还是不少，还依然都是褒扬或附和的语句。

明人觉得，微博评论就应该这样。

他像每天起床吃一匙蜂蜜一样，每天也看一次微博。评论真好！好话真好！真滋润人。

书 香

　　几位学生被请到家里做客。邀请者是鼎鼎大名的学术泰斗李教授。大家欣喜若狂，他们对这位教授素来敬仰，能进得他的居所，原本是想都不敢想的。

　　在李教授家里，学生们自然有些拘谨。站着不像样，坐得久了又觉憋闷和失礼，瞅准机会，他们到书房观赏，那满柜的书香，令他们更是佩服之至。他们因此频频向老教授求教，这浩瀚的书海该怎么涉猎，哪些书应该精读，哪些书可以不屑一顾。老教授微笑着一一作答。他特别指出，那些佶屈聱牙的哲学书不值一读，而那些时尚的小说不妨选一些轻松浏览。学生们不解，他们心中只有一个念头，老师的床畔放着什么书，得去看看，那枕边书一定是最值得一读的。后来，李教授为了让大家抛开拘谨，请大家参观他的卧室。在卧室里，真堆着一摞书。同学们走过去目光一扫，忽然就凝住了笑，他们看到的书，却是老教授号称不值一读的书，那种所谓佶屈聱牙的书。他们简直不可思议。而另一个刚去卫生间解手的小伙子咬着同伴耳朵说："那坐便器边上有一挡板，上面尽是书，却都是青春小说、时尚文学之类，书里还用笔画了好多杠杠，这究竟是怎么一回事呢？"

老教授看出了端倪，朗声一笑，说道："这睡觉的时候，要找看不下去、令人昏昏欲睡的书，这比什么都拥有强烈的催眠作用。催眠的书，哲学书是也。而卫生间则是放松身心的地方，拿本时尚小说翻翻，浏览一番，身心放松，很利于出恭呀！"

老教授笑了，而几位学生也心领神会地笑了。

另一种收藏

明人知道一位将军，他不认识明人，但收藏了明人的签名书。他还有一个很奇特的收藏。在家里单设了一个房间，摆置了一个偌大的沙盘。不明就里的人还以为是作战地形。现代战争也用不上这玩意儿呀！这沙盘上还堆放了不同大小形状和色彩的石块，错落但并不太有序，不知是什么名堂。他告诉别人，他每去一个地方，总会拣回一些当地的石块，就放在地图所标注的地名上。这让他既记住了他曾去过的地方，也记住了它的质地和味道。

还有一位朋友，收藏所去之处的当地主人宴请的菜单，还请在座的朋友们一一签名。他说，有时就是为了保存一桌美食，一种文化，一腔盛情。

那天，又到一个至今未娶的老友处探访，看见桌边的墙上贴着好几张地图。世界、全国和上海的都有。图上则划得到处是线条和红点。很纳闷地询问。老友先是不语。明人仗着是几十年的老友，厚着脸皮再问，大有打破砂锅问到底的劲头，老友终于长长地吁了一口气，脸带羞涩地开腔了。

原来，这都是他昔日恋人二十年来的足迹。在上海，她迁居和工作的地点；在国内外，她出差旅游的线路和去处。她已嫁做人妇，他们虽无亲密接触了，但也有点机会联系，他总能得到一些信息。

明人问："那她知道你这样吗？"

老友答："怎么会让她知道？人家已有爱人，我岂能去干扰？"

"那你为何会这么做呢？不是为了她吗？"

"我这是为我自己。我只要知道她在哪里，心就会踏实。习惯了。"

三　笑

明人有个挺赏识的老部下工作分开多年后，两人也常相聚。这天饭间，这个老部下忽然提及一件往事，说当时提任某一职位时，明人没有推他，让另外的人上去了。如果当时推他，他发展会更好，语气多少有些埋怨。

边上有人听糊涂了，为明人愤愤不平："你太偏听偏信了，当时明人是推你的，也把你作为人选上报组织部门了。只是上边最后确定的人选，是另一位更高学历的年轻人。这本属情理之中的事，何况，之前已几次提你，你太计较就讲不过去了。

边上的人，又向明人唠叨。唯见明人不愠不怒，也不置一词，只是一笑。

某日，一位老友造访，又谈及他们一位老上司，说这老上司后期对明人有过压制，大家也颇有微词。"可他也曾帮助过我呀！"明人示意他打住，老友再问，他也只是一笑。

有一回，明人与一批蒸蒸日上的党校同学聚聊。几位党校同学都很得意，他们大刀阔斧，提任了大量年轻干部，张三李四的，都报了一大串名字。问及明人，他也只是笑而不答。

有人曾反复参度这笑中含义。有人还悄悄地向明人讨教过。

明人又笑："你们是多想了，我这笑就是一笑而已。"

"那总归有点意思吧？"那人追问不舍。

"如果说有什么意思，那就是，对你帮助过的人和事，忘了更佳。对别人帮助伤害过你的事，也别老放在心上。能帮人，也被别人帮过，就值得一笑！"

限速一百码

车子拐上匝道，很快进入了高速省道。老厅长就发话了："怎么这么慢呀？你开的是几码？"

明人说："快100码了。"

"这个太慢了吧？按此速度赶至省城，都得过半夜了。"老厅长有些埋怨。

明人说："老厅长，这还是您去年定的规矩，为确保安全，厅里所有的车辆行驶不得超过100码。当时，我还纳闷，为什么是100码呢？不可以是110码，或者90码吗？"

老厅长说："我当时就这么定的，估摸着说了一个数字。现在你们年轻人掌权了，可以随意改呀！"

明人忙说："老厅长呀，这可是您定的规矩，一年还不到呢，我们怎么敢随便改呀！"明人与老厅长本就是忘年交，说话有时比较随意。

没想到老厅长哼了一声："你也别哄我。我问你呀，你说我定的不敢改，可是，你们怎么把大院的推拉门改成移动门了，把会议室的长桌改成圆桌了，专供厅领导用的包间也拆了，连进口小车也都换成国产的了，还有……"

明人连忙讨饶："哎呀呀，大过呀大过，老厅长您可千万别怪罪呀，这都是……有原因的……"

"什么原因？"

"您也知道的，那大院的推拉门早就坏了，正好改一下，也方便省事。那会议室的长桌也用了好久了，而车辆则是上面要求统一置换的……"

"那100码也可以改呀！"

"怎么改呀？"明人不解。

"你怎么死脑筋了？现在高速修好了，路况也好多了，加个10码20码有什么关系呀！"老厅长又狡黠一笑："很多东西，该改则改，别受我的限制，懂吗？"他拍了拍明人的肩膀。

明人心里一畅，猛踩油门，小车更加快捷地飞奔了起来。

父亲节

都说父子情深，但明人父子两个都不会表现出来，含蓄得似乎有些生疏。

明人的儿子远在加拿大就学，一年见不上几次面，他自然在乎儿子对自己的感觉。

那天一大早，他就按惯例给儿子发了一条微信："儿子好！"

儿子很快回复了，仅一个字："好。"

明人郁闷了，这回复与平常怎么完全一样，不多一个字，也不少一个字，像手机里自动弹出的一样。上个月的母亲节可不是这样的。当时他提醒儿子："今天是母亲节，你给妈妈道一声节日快乐呀。"儿子回答说："我一大早就发过了。"但今天父亲节，儿子怎么就未知未觉呢。看来儿子对母亲与对父亲还真是不同的情感啊。明人想想，心有点酸。

他实在憋不住，发了一句："你怎么不说节日快乐呀。"

儿子迅速回复："节日？今天是周六呀。"

"想一想？"明人又道。

"肯定是周六啊！"儿子回答很干脆。

"是六月份的第三个星期六！"儿子又补充道。

"对爸爸不用心。"明人只能无奈地说了这一句。

"父亲节是明天啊！"

"是6月15日。"

"我特别查过的。"

儿子连续发来几行字。这几行字，像小鸟一样给明人的心田带来一阵暖意。

"哦，原来你用心的呀。"

"是啊！"儿子毫不含糊。

原来是明人记错了日子。

翌日一大早，明人收到的第一条微信，就是儿子发来的："父亲。快乐！"

哦，儿子！